聖女と皇王の誓約結婚 2

恥ずかしいので聖女(わたし)の自慢話はしないでくださいね…！

石田リンネ

ビーズログ文庫

イラスト／眠介

Contents

聖女と皇王の誓約結婚 2

恥ずかしいので聖女の自慢話はしないでくださいね……！

人物紹介

ジュリエッタ

フィオレ教の【知識の聖女】。
その知識で敗戦目前だった
イゼルタ皇国を救う。

ルキノ

イゼルタ皇国の新皇王。
継承順百二十四位の元平民だったが、
妹のために皇王を引き受けた。

ディートリヒ

メルシュタット帝国皇太子。
イゼルタ皇国侵攻を
指揮していた。

アンジェラ

ルキノの妹。レヴェニカ国に
避難していたが、
人質に取られてしまう。

ラファエル

イゼルタ皇国の元第二皇子。
現在は宰相を務める。

オルランド

イゼルタ皇国軍の総司令官。

アントワーヌ

モンクレア国王子。
新皇王ルキノの
戴冠式に参加。

フィオナ

イゼルタ皇国が
先頃まで侵攻していた
バレローナ国第二王女。

プロローグ

大陸内に不穏な気配が満ちる中、イゼルタ皇国はバレローナ国とメルシュタット帝国の二カ国を相手に戦争を続け、敗北寸前まで追い込まれてしまった。

イゼルタ皇国の皇族や貴族や民は、隣国のレヴェニカ国に避難していく。

そんな中、皇位継承権第百二十四位で、貴族の血が流れていながらも下町で育った青年〝ルキノ・カルヴィ〟が新たな皇王になった。

ルキノはただ妹を守りたかっただけだ。二カ国との戦争に勝つつもりなんてなかった。

自分の役割は、皇国に残らなければならなかった民のためにできる限りのことをし、最後は首を斬られることだとずっと思っていたのだ。

そんなルキノを助けることになったのが、フィオレ教の序列第一位である知識の聖女〝ジュリエッタ〟である。

ジュリエッタは、四百年前に交わされたフィオレ聖都市とイゼルタ皇国の誓約に従い、皇王ルキノを助けて結婚するという提案を受け入れることになった。

それからルキノとジュリエッタは、イゼルタ皇国の皇城が陥落するまで皇国の民のために奔走する。しかし、あるときジュリエッタは大事なことに気づいた。

――まだ勝てますよ、この戦争！

イゼルタ皇国の敗北は避けられないと誰もが思っていたのに、勝利するという道がまだ残されていたのだ。

ルキノとジュリエッタは、奇跡の大逆転に繋がる細い一本道を走りきる。メルシュタット帝国軍を帝国内に追い返し、終戦に持ち込んだのだ。

――奇跡の皇王ルキノ、万歳！

――奇跡の聖女ジュリエッタ、万歳！

イゼルタ皇国とバレローナ国は、ほぼ停戦状態にあるけれど未だ講和条約を結べていないし、皇国は戦争によって疲弊している。まだまだ苦難が待ち構えているはずだ。

それでも皇国の民は、奇跡を次々に起こしたルキノとジュリエッタがいればなんとかなるかもしれないという希望を抱くようになっていた。

ルキノもまた、皇王としての自覚を持つようになり、ジュリエッタの助けを借りながら皇王として国を導く覚悟を決めた――……はずだったのだ。

「レヴェニカ国が宣戦布告をしてきた⁉　皇王陛下の妹姫殿下が人質に⁉」

イゼルタ皇国は今、ルキノが正当なる皇王であることをはっきりさせるため、諸外国から賓客を招き、お披露目用の戴冠式を行う準備をしていた。

隣国レヴェニカは元皇族たちの避難先になっている。レヴェニカ国にも戴冠式の招待状を送っていて、レヴェニカ国の方々を丁重にもてなそうという話をしていたのだけれど、招待状への返事は『宣戦布告』であった。

——元皇族たちは、皇国をルキノに渡すことが惜しくなったのか。

——それともレヴェニカ国は、今ならイゼルタ皇国に勝てると思ったのか。

レヴェニカ国が宣戦布告をしてきた理由は、現段階ではわからない。

わかっているのは、レヴェニカ国は避難してきたルキノの妹のアンジェラを人質にとり、ルキノを脅迫してきたということだけだ。

ルキノたちは、これからどう動くべきかという話し合いを始める。

「……聖女さま。フィオレ聖都市の聖女として、レヴェニカ国に抗議をして頂けませんか？　アンジェラ姫の待遇がどのようなものになっているのかはわかりませんが、聖女さまの抗議によって人の目を気にするようになれば、アンジェラ姫の待遇が改善されるかもしれません」

真っ先に口を開いたのは、元第二皇子であったラファエル・スカーリア宰相だ。彼は元皇族の中で唯一皇国に戻ってきてくれた人であった。

「わかりました。聖女ジュリエッタとしてレヴェニカ国に抗議文書を送ります」

ジュリエッタはラファエルの提案に頷く。

（……ラファエル。貴方もとても辛いときなのに……、ありがとうございます）

ラファエルは今、両親や兄妹たちと戦うという状況になっている。

それでも悲しみや絶望を見せずに、宰相としてすべきことをするだけだと背筋を伸ばし、ルキノをまっすぐに見ていた。

——ルキノ・カルヴィ、皇王として皆に情けない姿を見せるな！　私を見ろ！　真似をしろ！

ラファエルの声なき声は、きっとルキノに届いている。

（心の準備をする時間をラファエルに与えるべきだわ。でも、イゼルタ皇国にラファエルはどうしても必要で……）

ルキノは下町育ちで、帝王学を一度も学んだことがない。

ジュリエッタはルキノの手助けをある程度ならできるけれど、イゼルタ皇国の政や貴族社会に詳しいわけではない。

皇国をきちんと動かしたいのなら、ラファエルに指示を出してもらうのが一番早いのだ。

「皇王陛下、戴冠式を中止にしましょう。今から急いで各国に使者を送ってレヴェニカ国の非道な行いを伝え、イゼルタ皇国への支援をお願いすべきです」

「じゃあ、それで」

ルキノはラファエルの提案に軽い口調で答えた。

次にラファエルは、皇国軍の総司令官オルランド・グリッジ将軍に視線を移す。

「戦争の準備をお願いします。レヴェニカ国との国境付近に皇国軍の配備を。それからアンジェラ姫の情報収集を頼みます」

「了解しました」

オルランドは重々しく頷く。

「では、今日のところはこれで終わりにしましょう。……皇王陛下、よろしいですか？」

「いいよ」

緊急会議はこれで終了だ。

オルランドは戦争の準備を、ラファエルたちは諸外国を味方につける準備を始めなければならない。

皆がやるべきことにすぐ取りかかろうとして慌ただしく出ていく中、ジュリエッタは穏やかな声で三人の名を呼んだ。

「グリッジ将軍とスカーリア宰相は残ってください。それから、サルトーリ書記官も」

三人は待っていましたと言わんばかりに、それぞれ返事をする。

皆が出て行ってから、改めて今後についての会議を始めた。

「……言葉を選べなくて悪いけれど、妹をどうやったら助け出すことができる？」

ルキノの質問に、オルランドが答える。

「アンジェラ姫についての情報を急いで集めます。囚われている場所を確定でき次第、すぐに救出作戦を立てます。少々お待ちください」

続いて、ラファエルが他にもできることはあると教える。

「周辺国にこの事実を知らせ、共に圧力をかけてもらいます。人質交換の可能性も探ってみます。サルトーリ書記官、人質交換の事例があったはずだ。探しておいてくれ」

「はい！」

皆がアンジェラを助けるためにできることをしようとしている。

ルキノはその事実に救われた。そして、「皇国のために妹を諦めろ」と誰も言わないことに感謝する。

「――ルキノ」

ジュリエッタはルキノの手を握る。

「私は聖女ジュリエッタとして、レヴェニカ国にフィオレ教の布教をしに行くという形を取り、レヴェニカ国の王族との面会を希望して、できる限りの説得をしてみます」

ジュリエッタがレヴェニカ国に行って王族を説得しても、戦争の回避もアンジェラの解放も難しいはずだ。

しかし、レヴェニカ国が「アンジェラに酷いことはしていませんよ」と主張するために、面会ぐらいは許してくれるかもしれない。

(どこに囚われているのかがわかれば、アンジェラさんを救出しやすくなる……！)

ジュリエッタは、アンジェラの代わりに人質になるという方法も考えている。知識の聖女相手では、そう手荒なこともできないはずだ。

「皇王陛下、アンジェラ姫の顔を知っている方を紹介してもらえますか？　姿絵がないので、偽者を救出してしまう可能性もあります」

「あ……そっか。下町のやつらに声をかけておく」

偽者という言葉に、ジュリエッタはどきっとしてしまった。

(アンジェラさんに面会できても、その相手がアンジェラさんだとは限らない。アンジェラさんのふりをされたら、たしかに私は騙されてしまうかも……)

妹だからルキノに似ているとは思うけれど、よく似ている別人は結構いる。

あとでルキノにアンジェラだとわかるような受け答えを教えてもらわなくてはならない。

「……なぁ、ラファエル。俺にやれることってある？」

ルキノは、珍しく自分からやることがほしいと言い出した。それだけ妹のことが大事で、落ち着かないのだ。

「健康のままでいてください。皇王陛下に倒れられたら困ります」

「なるほど。それは重大な役割だ」

妹のことが心配で、食事が喉を通らない、夜も眠れない……そんな泣き言を口にするなと、ラファエルはルキノへ遠回しに伝えた。

「ラファエル。各国へ向かう使者に、私の手紙も持たせてください。フィオレ教を国教にしている国であれば、フィオレ教の教徒を救いたいという聖女の訴えに共感してくれるかもしれません」

どこの国も、自分の国のために動く。

しかし、どちらに味方するのかを迷ったときは、印象のいい方を選ぶはずだ。

「すぐに手紙を書きますね。昼までにはなんとか……」

ジュリエッタの提案に、ラファエルは頭を下げる。

「ありがとうございます。我々も昼までに用意をすませます。……皇王陛下、用意した文書にサインをお願いします。沢山ありますが、本日の最優先事項ですから」

戴冠式の招待状を作ったとき、ルキノは三日ぐらいかけて延々とサインをし続けた。

それを休みなくすぐに終わらせてほしいと言われたけれど、妹を助けるためなら徹夜してでもやりたい気持ちになっている。

「それでは失礼致します」

ラファエルたちが退出したあと、ジュリエッタは紙とペンを取り出した。

「面会した相手がアンジェラさんだとわかるような質問と答えはありますか？」

「あるよ。家に残してきたレースをつけようか迷っていたワンピースの色は?」

「あ……!」

ジュリエッタは、アンジェラのワンピースを借りたことがある。

レヴェニカ国はアンジェラの情報を集めているだろうけれど、流石にアンジェラの偽者はそこまでのことを答えられないだろう。嘘が当たっている可能性も考えて、ボタンの数やリボンの幅を更に聞くのもよさそうだ。

「ルキノのおかげで、アンジェラさん本人かどうかがわかりそうです」

一番いいのは、ルキノがアンジェラに会うことだ。

しかし、宣戦布告をしてきた国にルキノが行くわけにはいかないし、なによりルキノは皇国から出たら皇王としての資格を失う。

「——……俺が行ったら駄目かな?」

ルキノはふと苦しそうな声を出した。

ジュリエッタの胸がきゅっと締め付けられる。

「俺なら絶対にアンジェラを間違えない。遠くからでも、声だけでもわかる」

ルキノがただの下町の青年なら、ジュリエッタは「よろしくお願いします」と言えただろう。しかし、今のルキノは皇王だ。

「……ルキノは、国から出たら皇王としての資格を失います」

「そう……だった」

「それに、とても危険です」

「……だよね」

ルキノは目を閉じ、自分の中にある嵐のような感情をどうにか宥めようとする。

(神がルキノにお与えになった試練は、あまりにも厳しい……)

ルキノが皇王になったのは、自分が皇王になることを断れば、妹のアンジェラが「なら私がやります！」と言い出すかもしれないと思ったからだ。

ルキノはただ妹を守りたかっただけだ。それなのに、皇王になったことで妹を危険に晒してしまっている。

今、とても苦しいだろう。皇王にならなければよかったと思っているだろう。

(神よ、どうかルキノに導きを……！)

ジュリエッタは神に祈ったあと、ルキノの手を握った。

「――考えてみます。ルキノがアンジェラさんを助けに行けるように」

ルキノがアンジェラのところへ駆けつけてはならない理由は、すぐに思いつく。

けれども、その逆はまだきちんと考えていない。駆けつけてもいい理由も、しっかり考えるべきだ。

「さっき、それは駄目な理由ばかり思いつきます。ですが、ルキノの言う通り、ルキノがいればアンジェラさんかどうかは確実にわかりますから」

ジュリエッタは、驚いているルキノの瞳をじっと見つめる。

「……イゼルタ皇国の人は、絶対にそんなことをしてはならないと言うでしょう。ですが、私は聖女です。救いを求めている者に手を差し伸べることや、隣国に行って妹さんを救うという試練に立ち向かおうとしている人を助けることは、私のすべきことなんです」

慈愛の微笑みを浮かべるジュリエッタに、ルキノは目を閉じた。

人はこういうときにただ祈りたくなるのだということを知る。

「それに、私はルキノの相棒です。妹を助けたい兄の気持ちを尊重したいんです」

ジュリエッタの優しい微笑みが、ルキノの心に沁みていく。荒れていた心の中が、ゆっくりと落ち着いていった。

「ジュリエッタ……ありがとう」

ルキノはジュリエッタの手を握り返す。

椅子を蹴り飛ばして「皇王なんて辞めてやる！」と飛び出さないでいられるのは、間違いなくジュリエッタのおかげだ。

「ルキノ、アンジェラさんへの手紙も書いておいてください。レヴェニカ国へ行ったときに、アンジェラさんに渡してほしいと頼んでみます」

「……！　わかった」

ルキノは、今すべきことをするために立ち上がる。

ジュリエッタと共に皇王の執務室へ向かい、手紙にサインをする準備を始めた。

「せっかく他の国の偉い人へ戴冠式の招待状をあんなにも書いたのに、後日やり直しか……。あ、そうだ。みんなにこのまま皇国へきてもらって、味方になってよってまとめてお願いするのは駄目？」

ルキノの提案に、ジュリエッタは苦笑する。

「それは駄目ですよ。宣戦布告されている国に招くなんてとんでもないことです。各国の使者を危険な目に遭わせたら、あとで外交問題になってしまいますから」

「そっか。いまいち実感がわかないけれど、この国はまた戦争中になったんだ」

「はい。再び民が大変な思いをしますね……。早く終わらせられるようにしましょう」

この先は、ラファエルが二十人ぐらいいてほしいと思うような展開になるはずだ。

（各国の支援を得られたら助かるけれど……）

味方になってくれる国を早めに増やせたら、レヴェニカ国は皇国と戦うことを躊躇うだろうし、早期決着も望めるはずだ。

たしかにルキノが言う通り、まとめて交渉できるのならそうしたい。

(今のイゼルタ皇国は、無償の協力を求めることしかできない。戦争をするためのお金もほとんど残っていないし……)

このままでは借金をするしかないだろう。戦後復興でどれだけ税収を増やすことができるのだろうか。戦争が終わっても、皇国の民の生活はきっと苦しいはずだ。

(理想の展開は、味方になってくれる国を増やして、レヴェニカ国と戦わずに講和条約を結ぶこと。でも味方を増やすためには、土地やお金がどうしても必要で……)

そんなことをジュリエッタは思ったあと、はっとした。

「――土地とお金!」

今ここにはないけれど、すぐそこにはある。

「ルキノ! やっぱり貴方の戴冠式をもう一度やりましょう!」

「うん。戦争が終わってからだよね?」

「いいえ、今すぐにです。勝てる戦争なら、味方してくれる国もいますから」

皇国に戦うための余力はない。できれば、話し合いで解決したい。

しかし、皇国とは違い、戦う相手を探している国もあるのだ。

(皇国の味方を増やせば増やすほど、戦わずに勝つことも可能になる)

戦争の犠牲者をできる限り減らしたい。

ジュリエッタのそんな願いを叶える道は、まだ残されている。

「やっぱりルキノは頼りになりますね」

ルキノのおかげで新たな道を見つけることができたジュリエッタは、感謝の気持ちを込めて微笑む。

しかし、ルキノはジュリエッタの考えていることが少しもわからず、どういうことだろうかと首を傾げてしまった。

第一章

レヴェニカ国の国王は、イゼルタ皇国に放っていた間諜からの報告を聞いたあと、これは一体どういうことなのかと首を傾げてしまった。

「……戴冠式の準備をしている？」

レヴェニカ国はイゼルタ皇国に宣戦布告をした。既に進軍を開始している。

皇国は予定していた戴冠式を中止し、レヴェニカ軍を迎え撃つことに集中するはずだ。

……しかし、皇国は想定外の動きを見せてきた。

「国王陛下。もしかするとイゼルタ皇国の偽皇王は、自身の正当性をどうしても訴えたくて、戴冠式を優先することにしたのかもしれません。元は平民ですから」

宰相の言葉に、国王はなるほどと頷く。

「優先すべきことがわからないとはな。偽皇王はどうやらとても愚からしい」

――敗北寸前だったイゼルタ皇国がメルシュタット帝国を追い返せたのは、ヴァヴェルドラゴンがメルシュタット帝国軍を撃退してくれたから。

国王はその話を知っていたので、ルキノを「運がいいだけの愚か者め」と鼻で笑った。

「おまけに、愚か者は他にもいる。イゼルタ皇国は愚か者ばかりだ」

レヴェニカ国に避難しにきたイゼルタ皇国の皇王。

第二皇子のラファエルが、皇国を奪還したらレヴェニカ国にきちんと恩返しすることを約束したので、血縁関係もあることだし、仕方なく匿ってやることにした。

しかしその間に、皇国は新たな皇王を担ぎ出し、メルシュタット帝国軍を追い出してしまったのだ。

ラファエルは「今度こそ皇国を守らなければ！」とこの城を飛び出したけれど、皇王や他の皇族たちは敗北や処刑という未来に怯えて動かなかった。

（イゼルタ皇国が平和になったとわかったら、イゼルタ皇王は『正当なる皇王は自分だ』と言い出した。本当に愚かだが、扱いやすくはある）

レヴェニカ国王は、イゼルタ皇王の愚かさを利用し、イゼルタ皇国の新たな皇王を偽皇王だと主張し、イゼルタ皇国を手に入れることにした。

戦争で疲れ切った今のイゼルタ皇国に勝つのは簡単だ。もしかすると、近隣諸国もイゼルタ皇国を狙っているかもしれない。急がなくてはならないだろう。

「偽皇王の妹はどうしている？」

「世話役によると、前に比べれば大人しくしているそうです。食事もとっています」

「ならいい。大事な人質だ。首を吊らないようしっかり見張れ」

偽皇王の妹は、レヴェニカ皇国に避難していた。

彼女を捕まえて田舎の家に閉じ込め、交渉の材料に使おうとした。けれども、フィオレ教の聖女からの抗議文書がすぐに届いてしまう。

——神はこのようなことを望んでおりません。フィオレ教の教徒を解放してください。

理想を語るだけの聖女の抗議なんて無視しても構わないけれど、フィオレ教を敵に回すと厄介である。仕方なく、『保護』という形になるよう待遇を改善した。

——アンジェラ・カルヴィは、戦争を避けるために我が国に逃げ込んできました。我々は彼女の意思を尊重し、こちらで保護し、丁重にもてなしております。ご安心ください。

そして、あくまでもアンジェラは人質ではなく、アンジェラが頼んできたから保護しているだけだという返事をしてやる。

すると、聖女ジュリエッタが王宮にやってきて「教徒アンジェラ・カルヴィと話をしたい」と言ってきた。当然、拒否した。

——アンジェラ嬢は戦争で恐ろしい思いをしたようです。今は誰にも会いたくないと申しております。

本人が会いたくないと言っているのだと主張されたら、聖女は面会を諦めるしかない。

聖女からアンジェラ宛ての手紙を託されたけれど、それは中身を確認したあとに焼いておいた。

(フィオレ教のやつらにうろちょろされたら厄介だな)

念のために、アンジェラの軟禁場所を田舎から王宮に移しておく。人の目につきやすくなるけれど、なにかあったときにすぐ対応できるようにしておかなければならない。

「さて、皇国はどのぐらい持つだろうか」

レヴェニカ国の国王は勝利を確信している表情で、皇国をどうやって属国にしようかと考え始めた。

ジュリエッタは、レヴェニカ国の王都に行ってみた。

レヴェニカ国王に面会することはできたけれど、アンジェラには会わせてもらえなかった。

そのときにルキノが書いた手紙をレヴェニカ国王に渡しておいたけれど、おそらくその手紙はアンジェラの手に届かないだろう。

(今回の私の目的は、レヴェニカ国王に圧力をかけ、どこにいるのかわからないアンジェラさんを王宮内に移動させることだから、これでいい)

どうかアンジェラの待遇がこの訪問によってよくなりますように……とジュリエッタは祈る。

そして、次は一人でフィオレ聖都市に戻った。

ルキノと結婚式を挙げていないジュリエッタは、まだ聖女という身分だ。けれども、追い出された立場なので、歓迎されるはずがなかった。

「枢機卿セルジオ。フィオレ教の教徒に大きな試練が与えられました。どうか教徒アンジェラのために、大聖堂で祈らせてください」

枢機卿たちは、ジュリエッタから「アンジェラ姫やイゼルタ皇国を助けてほしい」と頼まれても助ける気はなかった。祈るだけなら……と、渋々許可をくれる。

もちろん、ジュリエッタに付き添い人をつけるようなこともしなかった。勝手に祈って勝手に帰れと放置する。

(今はとてもありがたい対応だわ……!)

ジュリエッタは一人で大聖堂に行き、アンジェラのために祈った。

(神よ、どうかアンジェラさんをお導きください……!)

神は祈る心が大事だと言っている。祈るだけなら、どこで祈ってもいいのだ。

それでもジュリエッタは、わざわざフィオレ教の大聖堂で祈ることを選んだ。

(ここは、神聖力が集まる場所)

フィオレ聖都市は、神聖力が集まる『聖脈』と呼ばれる土地の上に作られている。

この大聖堂は、フィオレ聖都市を守る結界の基点になっているので、結界を維持するための神聖力が満ちているのだ。

（凄い……！）

ジュリエッタは、手に持っている賢者の杖を見て驚く。

賢者の杖の先端には、魔石であるヴァヴェルドラゴンの目がついているのだけれど、その魔石が大聖堂に満ちた神聖力をどんどん吸い込んでいくのだ。

ジュリエッタは神聖魔法を使えるけれど、平凡な能力しかない。大規模な神聖魔法を扱えない。傍にいる人を守ったり癒やしたりすることだけで精一杯だ。

しかし、この魔石に多くの神聖力を吸収させておけば、自分にも大きな神聖魔法が扱えるだろう。

ジュリエッタは、神に感謝の祈りを捧げてから静かに立ち上がった。

（あとは……）

ジュリエッタは神の下で聖女になるという誓約をしたので、聖女である限り、このフィオレ聖都市のありとあらゆる扉を開けることができる。どれだけセルジオが嫌がっても、それを止めることはできない。

ジュリエッタは大聖堂の奥にある建物の中に向かい、最重要機密扱いの書類の保管庫に入った。目的の物――……とても古いフィオレ教の教典の原本を見つけたあと、手書きの項目を一つ一つ確認していく。

「あった……！」

フィオレ教で使われている宗教用語には、定義というものがある。公的文書の意味を勘違いされないようにするためだ。

（それでも、抜け道はどこかにある）

ジュリエッタは、知識の聖女としてフィオレ聖都市の大会議に参加していた。ときには無茶な話に上手く理由づけをしなければならないこともあった。実務を担当する者たちと頭を抱えながら、この教典の写しをめくったこともある。

あの頃の経験が、ジュリエッタに今なにをしたらいいのかを教えてくれた。

「――〝聖地〟」

フィオレ聖都市は、フィオレ教の聖地だ。

しかし、聖地はフィオレ聖都市のみというわけではない。イゼルタ皇国内にも、メルシュタット帝国内にも、聖地と呼ばれる場所はある。

聖人認定された者に由来する場所や、神が現れた証のある場所から、観光客を集めるために地元の人が勝手に作った聖地まで、様々な聖地が存在していた。

（フィオレ教に正式な聖地として認定されたいのなら、フィオレ教が定めている条件を満たす必要がある）

――聖地とは、神や聖女、聖人との関わりが深い場所。もしくは、聖女や聖人認定された枢機卿が祈りを捧げた場所。

　この定義を満たし、大会議で承認を得れば、聖地として正式に認定されるのだ。

　ジュリエッタは聖地の定義を確認したあと、ぱっと目を輝かせた。

「これなら大丈夫そう……！」

　ジュリエッタは持ってきた羊皮紙を取り出し、神聖魔法をかけ、必要な項目の写しを作成する。

　ルキノにいい報告ができそうだと喜びながら立ち上がれば、ジュリエッタを待っている人がいることに気づいた。

「聖女さま！」

「助祭ジュゼッペ、それに助祭マッテオ……⁉」

　彼らはかつてジュリエッタと共に、フィオレ聖都市の運営に関わっていた者たちである。ジュリエッタにとっては、大会議の資料作りで頭を抱えた仲間だ。

　二人はジュリエッタと目が合うなり頭を深々と下げた。

「聖女さまのお勤めの最中にお声がけして本当に申し訳ありません！　できれば見て頂きたい資料がございまして……！」

　ジュリエッタは、ある日突然フィオレ聖都市から出ていかなければならなかった。そのせいで、作成していた書類や処理していた書類の引き継ぎがきちんとできていないのだ。

大会議が終わったあとだから急ぎのものはなかったはずだけれど、この二人には迷惑をかけてしまっていただろう。

「わかりました。手伝えることがあれば遠慮なく言ってください」

「本当ですか⁉」

ジュリエッタが微笑めば、ジュゼッペとマッテオはほっとした顔を見せる。

彼らの勤めの部屋に入ったジュリエッタは、書類を確認しながら、これはこうだった、去年はこうしていた、許可を出せる枢機卿は誰なのかを丁寧に答えていった。

「この先、困ることがないように、引き継ぎの資料を作って送ります。本当はこうして何度か訪ねることができたらいいのですが……すみません」

ジュリエッタは申し訳ないという気持ちを込めて頭を下げる。

まだ聖女のままだけれど、大聖堂で祈るだけならともかく、フィオレ教の運営に口を出すようなことをすると、枢機卿たちはいい顔をしないだろう。

聖女であるジュリエッタには苦言を述べて終わりにしても、助祭たちには厳しい罰が与えられてしまうかもしれない。

「それでは失礼します。私の見送りは必要ありません。身体に気をつけてくださいね」

ジュリエッタが立ち上がれば、ジュゼッペとマッテオも立ち上がる。

「聖女さま、本当にありがとうございました……！」

かつて共に走り回ってくれた仲間が、ジュリエッタに感謝の気持ちを伝えてきた。

「これからのフィオレ聖都市をどうかよろしくお願いしますね」

別れの挨拶をしたジュリエッタは、勤めの部屋を出ようとする。

けれどもそのとき、ジュゼッペが苦しそうな声を出した。

「……聖女さまがフィオレ聖都市を離れてから、ますます皆が欲に振り回されております。神に与えられたこの厳しい試練を乗り越えられるよう、どうかイゼルタ皇国からお祈りください……！」

フィオレ聖都市は中立の宗教国家だ。しかし、それを維持するためには、多くの寄付金が必要である。

寄付金の多い教徒への感謝の気持ちの表し方が少しずつ変わっていることに、ジュリエッタも気づいていた。

本来、枢機卿とは、人々を導くための力を神から与えられた者がなるべきである。けれども今は、寄付金を多く捧げてくれる者に支援されていれば、勤めをどれだけ怠っていても枢機卿になれてしまうのだ。

（聖人カルロは、このことをいつも心配していた……）

ジュリエッタとルキノが結婚したら、知識の聖女の座が空く。新たな聖女による導きが始まるかもしれない。

フィオレ聖都市が正しき道を歩めますように……とジュリエッタは祈った。


イゼルタ皇国の皇都では、様々な準備が同時に行われていた。

ラファエルは常に「身体も頭も足りない！」と叫んでいた。その手足となっているエミリオもまた「身体も頭も手も足りない！」と心の中で叫んでいた。


「ただいま戻りました！」

ジュリエッタがフィオレ聖都市へ行って戻ってくるまで、どれだけ急いでも三日はかかる。

その三日の間に話がどんどん進んでいることはわかっていたので、ジュリエッタは荷物を侍女カーラ・タッソに預けると皇王の執務室に急いだ。

「聖女ジュリエッタです、入ります」

ノックを自らして、扉も自ら開ける。

ルキノは椅子に座っていて、手に持った紙と向き合っていた。

「おかえり、ジュリエッタ」

休む理由ができたと言わんばかりに嬉しそうな顔をするルキノに、ジュリエッタは苦笑してしまう。

「いい報告がありますよ。貴方を連れていくことができそうです」

ジュリエッタが笑顔で大事な報告をすると、ルキノの表情が変わった。

「本当に!?」

「はい。ですが、ラファエルの説得はまだ残っています。ラファエルを説得するためにも、会議と戴冠式を頑張ってくださいね」

人の心は弱い。頑張る理由というのは必要だ。

ジュリエッタは、ルキノが絶望せずにいられる理由をなんとか作りたかった。

「皇王陛下、聖女さま。メルシュタット帝国のディートリヒ・ハーゼン皇太子殿下が到着なさいました」

廊下からエミリオの声が聞こえてくる。

ジュリエッタは執務室の窓から正門を見た。

メルシュタット帝国の紋章をつけた馬車が停まっており、赤い髪の青年が従者と共に歩いてくる。

「いよいよか」

ルキノは立ち上がり、持っていた紙を小さく折りたたんで胸にそっとしまう。

賓客がきたときの挨拶、何気ない世間話、交渉……ルキノはそういったものを自然にできる皇王ではない。今はただ、ラファエルに作ってもらった脚本通りのことを口にするだけだ。

（ルキノにゆっくり皇王教育を受けてもらう余裕はない。でも、ルキノなら……！）

黙って微笑んでいるだけで余裕があるように見えるし、『なにか裏がありそう』と思わせる力がある。

これは外交において、とても役立つ能力だ。

人はどうしても第一印象に左右され、相手への対応を変えてしまう。手強い相手だと思ってもらうことができたら、相手の選択肢に『譲歩』が生まれるはずだ。

「お久しぶりです、ディートリヒ皇太子。お元気そうでなにより」

ディートリヒを迎えに行ったルキノは、笑みを浮かべながら挨拶をした。

幼い頃からメルシュタット帝国の皇帝になるための教育を受けてきたディートリヒには、次期皇帝としての矜持がある。

平民出身の王を相手にするときは、表向きは王からの挨拶に応じても、見下しているという態度をしっかり見せつけるだろう。

（でも、ディートリヒ皇太子は、ルキノのことを認めている）

いつだって余裕たっぷりに笑うルキノは、元は平民とは思えない。ディートリヒはルキノを元平民だとわかっているのに、ルキノとの会談を通して無意識に敬意を払ってしまうようになっていた。

「皇王陛下、聖女さま、お元気そうでなによりです。なにかと大変でしょうが、新皇王陛下の戴冠式が無事に終わるようお祈りします」

ディートリヒは、イゼルタ皇国侵攻計画の総司令官だった。けれども、ヴァヴェルドラゴンの襲撃という不運に遭遇し、全軍を撤退させなければならなかった。

絶対に勝利できたはずの戦争なのに勝てなかった彼は、汚名返上の機会を待っていただろう。彼にとって、こちらの申し出は飛びつきたいものだったはずだ。

（メルシュタット帝国がイゼルタ皇国に味方したら、皇国が勝つ戦争になると判断する国も出てくるはず。そうなれば、今から味方して戦勝国側になりたいと思うようになるかもしれない）

ディートリヒは侍従の案内に従い、客人の間ではなくて会議の間に向かった。これから、イゼルタ皇国の誘いに応じた国だけでの話し合いが行われるのだ。

味方することを決めていないけれど、話し合いだけは参加したいと申し出てくれた国の代表者がその後も次々に到着し――……バレローナ国の国王代理も到着した。

「バレローナ国のフィオナ王女殿下が到着しました」

バレローナ国とイゼルタ皇国はほぼ停戦状態になっているけれど、戦争は正式に終わっていない。

新たな皇王ルキノは、戦争中の国にも手紙を送り、話し合いの場に招いていた。

「お初にお目にかかります、イゼルタ皇国の新たな皇王陛下。私はバレローナ国、第二王女フィオナと申します。新たな皇王陛下と聖女さまにご挨拶をする機会を頂けて光栄でございます」

フィオナを迎えたルキノは、ラファエルやジュリエッタが教えてくれた通りの挨拶をする。

「初めまして、フィオナ王女。こちらこそ、バレローナ国の美しき王女をお迎えすることができて光栄です」

フィオナは、オレンジブラウンの髪と青緑色の瞳を持つ気品あふれる女性だ。

ルキノはフィオナを尊重していますと示すために、バレローナ国風の挨拶をする。それは軽く抱擁し、頬を合わせるというものだけれど、フィオナは親しみと敬意を込めたルキノの挨拶に驚いてしまった。

——これはどういうこと？

イゼルタ皇国の皇王には、侮られていると思っていた。講和条約をちらつかせれば大喜びする小国の小娘に見えているだろうとも。

フィオナが想定外のことに動揺していると、ルキノの隣に立っているジュリエッタが一歩前に出てくる。

「初めまして、フィオナ王女。お会いできて光栄です」

ジュリエッタは聖女の微笑みを浮かべた。

フィオナはジュリエッタの声でようやく落ち着きを取り戻す。

バレローナ国に送られた戴冠式の招待状には、実はジュリエッタからの個人的な手紙も添えてあった。

平和のためによりよき道を共に探したいという聖女からの終戦の呼びかけがなければ、バレローナ国は戴冠式への招待はなにかの罠ではないかと警戒し、欠席することを選んでいただろう。

「早速ですが、我が国とバレローナ国の今後についてのお話をしませんか？　聖女さまが立ち会ってくれますので、どうぞご安心ください」

ルキノの誘いに、フィオナはぎこちなく頷く。

ジュリエッタは二人の後をついて行き、絵画の廊下までやってきた。

ルキノは飾られている絵の前で立ち止まり、フィオナに見てほしいと視線で促す。

「これはイゼルタ皇国の初代皇王の肖像画です。ここから歴代の皇王の肖像画が順に並んでいます」

ルキノは二代目、三代目……とゆっくり移動していく。

フィオナとジュリエッタもそれについていった。

「歴代の皇王は、家族も描かせたり、こうありたいという理想の姿を描かせたり……肖像画といっても個性が出ますね」

ルキノは足を再び止める。

「最後の一枚は、先々代の皇王の肖像画です。……ああ、先代皇王の肖像画は外させました。彼の肖像画を掲げておくことは、民が許さないでしょうから」

フィオナはおそらく、ルキノが平民の皇王だということを知っているはずだ。レヴェニカ国に前皇王が避難したことも、その前皇王がルキノを認めずにレヴェニカ国と共に戦争をしかけてきたことも知っているだろう。

そして、ルキノもここで自ら「前皇王と自分との間には距離があり、前皇王と戦うことに躊躇いはない」とフィオナに宣言した。

「フィオナ王女、私は皇王を仕方なく引き受けなければならなかった平民です。国を捨てて逃げ出した前皇王には恨みすら抱いています。前皇王はそれだけではなく、私の妹を人質にとりました。まだ十六歳の少女です。許すわけにはいきません。……私は、前皇王に恨みを抱くバレローナ国に侵攻しようとしたのは前皇王の罪であり、当代の皇王の責任ではない。バレローナ国と手を取り合いたいと思っています」

そんなルキノの言葉に、フィオナは黙ってしまう。

これはバレローナ国にとって、ありがたい提案だ。バレローナ国は小さな国で、戦争をするというのは国にとって大きな負担になる。

――でも、当代のイゼルタ皇王に責任がないことを認めてしまったら、一方的に攻め込まれた被害者であるバレローナ国への償いは誰がするの？

フィオナは、ここで全てを許すわけにはいかなかった。他の国に舐められたくないし、補償もほしい。

「我が国は……」

フィオナが断りの言葉を口にしようとしたとき、ルキノはぱっと手のひらを突き出した。

それは言葉を止めてほしいという意味を持つ動きだ。

「わかっています。バレローナ国は被害者です。補償はされるべきです。……ただし、それは前皇王がすべきことでしょう」

そして、ルキノは突き出した手をフィオナに差し伸べる。

「レヴェニカ国は、イゼルタ皇国を裏切って逃亡した前皇王を匿い、イゼルタ皇国に侵攻しようとしています。全ての償いは彼らがすべきです」

バレローナ国への補償は、イゼルタ皇国ではなく、イゼルタ皇国の前皇王を匿っているレヴェニカ国がすべきだ。

ルキノからの提案に、フィオナは驚く。そんなことができるのだろうかという気持ちと、できるのならそれもいいかもしれないという気持ちとで揺れ動いてしまった。

これは、バレローナ国の今後を左右するとても大事な判断になるだろう。

「これから、レヴェニカ国の非道な行いに正義の鉄槌（てっつい）を下すための会議が開かれます。どうかフィオナ王女もご同席願いたい」

今はまだ結論を出さなくてもいい、とルキノはフィオナに微笑みかけた。

フィオナはほっとしたあと、それなら……と頷く。

「こちらへどうぞ。我らの崇高（すうこう）なる志（こころざし）に賛同してくださった方々がいます」

ルキノは会議の間にフィオナを連れていく。

兵士たちが大きな扉をゆっくりと開ければ、ルキノの家臣ではなくて様々な国の代表者が集まっていた。

――これは……！

フィオナはこの時点でなにが起きるのかを察してしまう。

この会議は、イゼルタ皇国を支援するかしないかを決める会議ではない。きっとその話はもう終わっている。今はレヴェニカ国のなにをもらうかという話し合いをする場になっているはずだ。

「お待たせしました。――……それでは、始めましょうか」

ルキノがフィオナを席に座らせたあと、自分の席に座り、足を組む。

身内しかいない場であるかのようにゆったりと寛（くつろ）ぐその姿は、礼儀（れいぎ）がなっていないと非難されそうなものではあったけれど、同盟国の〝盟主〟という言葉がぴたりと当てはまっていた。

「同盟国の皆さん。本日お集まり頂いたのは、レヴェニカ国に勝利したあとの話をするためです。賠償金、領土、鉱山……どれも限られていますから、なにを求めるかを先にこちらで決めておきましょう」

レヴェニカ国が攻め込んできた。疲れ切っているイゼルタ皇国としては、戦争はできる限りしたくない。

そんなことは周辺国もわかっている。イゼルタ皇国が助けてほしいと頼んだら、それなりの対価を求めてくるだろう。

——宣戦布告に必要な『戦う理由』はこちらで用意します。絶対に勝利できる戦争です。同盟を結ぶ見返りは、レヴェニカ国からどうぞ。

ルキノのこの提案を信じるかどうか。そこが問題だった。

だからルキノたちは、まずメルシュタット帝国を頼った。彼らはイゼルタ皇国が『ヴァヴェルドラゴンを操る新魔法を開発した』と信じているし、できればそれを知りたいと思っている。

――同盟国になって近くで皇国の魔導師たちを見張っておけば、新魔法についてなにかわかるかもしれない。

メルシュタット帝国は、イゼルタ皇国がレヴェニカ国との戦争に絶対勝つと思い込んでしまっているので、同盟国にならないかという誘いに応じた。

メルシュタット帝国が同盟を結んでくれるのであれば、他の国との交渉の難易度は下がる。話を聞いてもいいかな？　ぐらいの気持ちにはなってもらえる。

皇国の同盟国は、現時点ではメルシュタット帝国のみだ。しかし、他の国々やフィオナはその事情を知らないし、ルキノがあまりにも堂々と勝利したあとの話を始めたので、『自分の国だけがまだ判断に迷っている』と勘違いしてしまった。

――自分の国だけ出遅れるわけにはいかない！　同盟をまだ結んでいないことを知られるわけにはいかない！　急いで同盟を結ばないと……！

焦りから、誰もがもう同盟を結んだあとですという顔をしてしまう。

「求めるものをどの程度得られるのかは、戦後にレヴェニカ国とそれぞれ交渉して決めてください。……それでは、メルシュタット帝国からどうぞ」

ルキノに促されたディートリヒは、迷わず答えた。

「我が国は魔石の鉱山を頂きたい。ちょうど隣接しているところにあって……」

ルキノとディートリヒのやり取りを見て、この場にいる者は手に入れたいものを急いで考える。国に戻って考えてからにします……と言ったら、大した物は残っていないだろう。

「私は奪われた領土を取り戻すつもりです」

「我が国は賠償金を……このぐらいの金額が妥当でしょう」

各々が勝つ前提で要求を口にしていく。

宰相のラファエルはそれらをまとめ、被ってしまったところを取り上げ、どちらが諦めるのか、それとも別のものにするのかを問いかけた。

「バレローナ国の希望は？」

モンクレア国のアントワーヌ王子が、ずっと黙っているフィオナに話しかける。

フィオナは、同盟国になるかどうかも決めていなかったので、この展開についていけてなかった。言葉に詰まってしまったフィオナに、ジュリエッタはさっと救いの手を差し伸べる。

「バレローナ国は木材や賠償金を……と言っていましたね。レヴェニカ国にはオークの森がありますから」

代わりにジュリエッタが答えれば、皆が納得したように頷いた。

「ああ、船をつくる材料ですね。なるほど」

バレローナ国は島国だ。他の国と行き来したいのなら船を使うしかない。

けれども、イゼルタ皇国と戦ったときに船を戦艦として利用したため、バレローナ国は多くの船を失ってしまった。

船を作る材料と、そして船を作る職人に支払うための金があれば、バレローナ国は再び漁業と貿易で暮らしていける。

「……っ、では、そろそろまとめに入りましょうか」

ラファエルの爪先で靴を軽く蹴られたルキノは、なにを考えているのかわからない笑顔のまま、本日分の話し合いの終了を告げる。

細かい部分はまた明日ということになった。


同盟国への誘いに興味を示した国を招いての会議が終わったあと、ルキノは皇帝の執務室に戻り、襟元を緩める。

「最後の方、なにを言っているのか、ほとんどわからなかった……」

疲れたと言いながら椅子に座るルキノを、ジュリエッタは「お疲れさまでした」と言って労る。

会議の進行役となり、結論を出すためにあれこれと喋るのは宰相のラファエルの役目だ。ルキノはただ、会議の議題を口にし、あとはずっと堂々と座っていただけだった。

しかし、最後に「今日はこれで終わりにしましょう。有意義な話し合いができました」

と言わなくてはならなかったので、ルキノはルキノなりに真面目に話を聞いていたのだ。結局は途中からわけがわからなくなってきて、ラファエルに蹴られ、「会議を終わらせる台詞を言え」という合図を送られていた。しかし、これだけできたのならラファエルも褒めてくれるだろう。

「今日はとても立派な皇王に見えましたよ。よく頑張りましたね」

ジュリエッタもまた、ルキノを褒める。

「それに、フィオナ王女との会話も見事でした。間違えずに言い切れてよかったです」

――バレローナ国のフィオナ王女は、礼儀正しく、気高く、心優しい女性です。言葉を選び間違えなければ、どのような返答をするのかはわかります。

ラファエルはフィオナと話したことがあったので、フィオナならルキノの話を途中で遮ることはないだろうと判断し、挨拶から絵画の廊下で語るべきことを脚本にし、これさえ覚えたらなんとかなると毎日練習させ、演技指導もしてくれた。

(フィオナ王女が緊張していてよかった……!)

ルキノは、時々棒読みになっていたり、台詞を忘れかけたりしていたけれど、フィオナは気づかなかった。そして、会議の間から出てきたあとのフィオナは、なにかを決意したような顔もしていた。

「皇王陛下、失礼致します。バレローナ国のフィオナ王女殿下が面会を希望されております」

会議のあと、フィオナから呼び出されることもラファエルの想定の範囲内だ。

ルキノはフィオナを庭園に誘い、彼女の決断を聞くことにする。

そしてフィオナは、『イゼルタ皇国の同盟国になることを決意する』、『イゼルタ皇国の同盟国になるかどうかを迷っているから時間が欲しい』、『イゼルタ皇国の同盟国になることを断る』のうちの、こちらにとって最もありがたい決断をしてくれた。

「我がバレローナ国は、新たな皇王陛下によって導かれている新たなイゼルタ皇国と友好的な関係を築いていきたいと思っています。貴国の戴冠式にも出席するつもりです」

戦時中に行われる戴冠式に出席するというのは、身の危険を覚悟するということだ。

ルキノはフィオナをつい心配してしまった。

「……皆さまを守るために聖女さまや魔導師たちがついてくれていますが、それでも絶対に安全と言い切れるわけではありません。それでも構いませんか？」

「承知の上です」

フィオナは迷いなく言い切る。

ルキノはそんなフィオナに右手を差し出した。

「盟友バレローナ国と共に歩んでいけることを嬉しく思います」

フィオナはルキノの右手をしっかり握り返す。

――バレローナ国とイゼルタ皇国の戦争は、事実上、これで終わりになった。

ジュリエッタは、ルキノとフィオナの握手に喜ぶ。

（神よ、皆の平和を求める姿を見守ってくださり、ありがとうございます……！）

不穏な気配に満ちていた大陸内で、手を取り合える国があったというのは、皆の希望になるはずだ。

そして、イゼルタ皇国にとっては、平和を取り戻せただけではない。味方を増やすことにもなった。

（みんなが頑張ったから、この結果を手にすることができた）

ラファエルは危機的な状況さえも利用し、どうにかしてレヴェニカ国との戦争に勝とうとしている。

ルキノも台詞を覚えて外交を頑張ってくれている。

オルランドは万が一に備え、レヴェニカ国付近に皇国軍を配備している。

書記官たち、侍従たち、侍女やメイドたちも、この大事な話し合いがよい方向へ進むようにと祈りながら走り回ってくれていた。

（あとは……、私……！）

戴冠式を強行したけれどみんなを守れませんでした、で終わるわけにはいかない。

命が尽き果てようとも、ジュリエッタは「できます」と言ったことをやり遂げなければならないのだ。

「……皇王陛下」

話が終わったフィオナは立ち去ろうとしていたけれど、ふとなにかを思い出したのか、優雅に振り返る。

「私にとって同格の同盟というお話はとても光栄ですが……、同盟の盟主というものに魅力を感じている国もあるでしょう」

フィオナは忠告を口にしたあと、あまり手入れされていない庭を歩いていく。

それを黙って見送るルキノの姿は、「勿論わかっていますよ」と言っているように見えるけれど、多分なにもわかっていないだろう。

「……ジュリエッタ」

ルキノは周りを見て、誰もいないことを確認してから首を傾げた。

「さっきのってどういう意味？」

なぜフィオナが突然、同格の同盟だとか、同盟の盟主だとか、そのような話をしてきたのか、ルキノはやはりわかっていなかった。

ジュリエッタは、ディートリヒたちが滞在している部屋の窓をちらりと見たあと、フィオナの忠告の意味を説明する。

「今回は、イゼルタ皇国が同盟国を募り、共同で戦いましょうと提案しました。この場合、提案者のイゼルタ皇国が同盟の盟主ということになります。ですが、イゼルタ皇国は積極的に戦うつもりはありませんし、そのことをわかっている国は、盟主は自分であるべきだと言い出しますよ……と警告してくれたのです」

「ええっと、……つまり、主役になって一番目立ちたい国があるってこと？」

「そうです。これがただの戦争なら、主役を譲ってもいいと思います。イゼルタ皇国は積極的に戦いたいわけではありませんから。……ですが、私たちはアンジェラさんを救わなければなりません。他の国はアンジェラさんの安否を気にすることはないでしょう。だから今回は、盟主の座をどうしても渡せないんです」

ジュリエッタの言葉に、ルキノはそういうことかと空を仰いだ。

皇王として誰かと話していると、言葉に別の意味を持たせたり持たせられたりすることがよくあるので、ルキノは身体よりも先に頭が疲れてしまう。

「この件については、ラファエルに任せておきましょう。もし盟主のことで揉めたら、『フィオレ教の教徒を助けたい聖女ジュリエッタを盟主にしよう』という方向に持っていこうと思います。私が盟主になるのなら、文句を言いたくても言いにくくなりますから」

他の国に盟主面をされるぐらいなら、聖女をお飾りの盟主にした方がいい。そう考えてくれる国も多いはずだ。

ジュリエッタの言葉に、ルキノはなるほどねと頷いた。

執務室に戻ったルキノは、明日の会議の台詞を必死に覚えながら、同盟締結の文書に丁寧にサインをしていく。

自分の名前は一生分書いたと前に思っていたけれど、そろそろ人生三回分のサインを書き終えた気がしてきた。

「偉い人って、自分の名前をいっぱい書いているんだなぁ……」

ルキノのぼやきの意味を、ラファエルは理解できなかった。小さい頃からサインをするのは当たり前のことだったのだ。

どういうことだ？　と思いながらも、新たな書類をルキノの前に置く。

「これにもサインをお願いします」

「はいはい」

「……『はい』は一回でお願いします」

「はーい」

ラファエルは細かい指導をしながら、ルキノの前に新しい脚本も置いた。

「聖女さまから、同盟の盟主の座を争うことになりそうだと聞きました。皇王陛下が同盟の盟主であるべきですが、変に揉めて戴冠式が延期になる……ということにはしたくありません。それぐらいなら聖女さまを盟主にした方がいいでしょう」

ラファエルもジュリエッタの提案に賛成する。

ルキノは一枚目の書類にサインを書き終えたあと、手を止めた。文字を書き慣れていないので、ラファエルのように文字を書きながら手を動かすということはできないのだ。

「なぁ、ラファエル。……俺が盟主のままでいられるように頑張ったら、なにかご褒美がもらえたりする？」

「……皇王はご褒美を渡す側ですよ」

なぜ逆になるのか、とラファエルは呆れた声を出す。

「そうなのか……。しまった」

ラファエルは、ルキノの言いたいことをなんとなく察した。しかし、なんだか嫌な予感もしている。

「ほしいものでもあるんですか？」

皇王のルキノは、あれがほしいこれがほしいと言ったことはない。言われる前に必要なものを揃えるのが、侍従やラファエルの仕事である。

時々、城下にふらりと遊びに行っていることは知っているので、護衛付きならばそれもいいだろうと、多少の小遣いを渡してあった。

それでもほしいと願うものは――……とラファエルは警戒する。

「ちょっと遠出したいんだ」

「どこへですか？」

「まだ決まっていなくてさ」

「……まぁ、時と場合と場所によりますね」

ラファエルはこのとき、ルキノが皇王という職務に疲れ、皇城を離れて休みたくなっているのではないだろうかと思った。

レヴェニカ国との戦争が終わったあとなら……と同情する。

「今すぐは無理ですが、いつか必ず遠出できるようにします」

「なら、それでよろしく」

ルキノの手が再びサインを書き始める。

ラファエルからすると、あまりにもゆったりとした動きだけれど、これが今のルキノの精一杯だということはわかっていたので、ただ見守るだけにしておいた。


翌日、バレローナ国のフィオナ王女が心配してくれた通り、早速問題が発生した。

同盟の盟主はイゼルタ皇国の皇王以外でもいいのではないか、とメルシュタット帝国のディートリヒ皇太子が言い出したのだ。

モンクレア国のアントワーヌ王子もそれに賛同し、きちんと話し合いで決めるべきではないかと余計なことを口にする。

「まあ、たしかに発案者はイゼルタ皇国ですが、助けを求めた側ですから……」

「もうレヴェニカ国が攻めてくるぞ。こんなことをしている暇はないだろう！」

「……だったら、我が国も盟主になる資格はありますよね？」

ざわつく中、ルキノはジュリエッタに気になったことをこっそり尋ねた。

「盟主決めの話し合いが長引いたらまずいんだよね？」

「はい。あとは私に任せてください」

ジュリエッタは、話し合いが進まなくなるようなら暫定で私が……と言うつもりでいたのだけれど、ルキノがジュリエッタの服を軽く引っ張ってくる。

「……ルキノ？」

「こういう揉めごとは下町でもよくあった。任せて」

ジュリエッタは、ルキノから素敵な笑顔とウィンクをもらってしまう。はっとしたときには、ルキノが話を進めていた。

「たしかに皆さんの言う通りかもしれません。では、我こそは盟主にふさわしいと思う方、挙手をしてもらえませんか？」

ルキノがこんな風にと手を挙げて見せれば、ディートリヒが自信満々に手を挙げた。

アントワーヌもそれを見て手を挙げる。

他の国は迷いつつも手を挙げなかった。ルキノに遠慮した者もいれば、そんな場合ではないと思った者もいるだろう。なんなら、ディートリヒやアントワーヌを応援しようとしている者もいるはずだ。

「本来は話し合いで納得できる道を選ぶべきですが、今はその猶予がありません」

ルキノは話し合いが大事だと言いながらも、下町流のやり方を思い浮かべていた。

コインの裏表で決めるか、武器なしで殴り合うか、それとも別の勝負をするか……色々あるうちの一つを選ぶ。

「この三カ国でゲームをしませんか？　三カ国以外の方々には立会人をお願いしましょう」

ルキノの提案に、ディートリヒは面白そうだと目を細め、アントワーヌはありとあらゆる可能性を頭に思い浮かべる。

ルキノは、彼らの返事を待たずに勝負の付け方を説明した。

「ゲームは三つ。それぞれ一つずつ提案してください。細かいルールを決めるのは提案者です。三つのゲームのうち、二つ勝てた者が盟主ということで」

まずは、自分が絶対に勝てるゲームを提案する。

そして、他二つのゲームのうち、片方に勝てば二勝だ。自分が盟主になれる。

——これならいける！

ディートリヒもアントワーヌも、頭の中で自分が絶対に勝てるゲームを考え始めた。

ルキノは、引っかかってくれたみたいだと心の中で笑う。

「いいでしょう。では……私は〝決闘〟で」

ディートリヒは、剣技に自信があると言い切る。

ラファエルはルキノの勝手な言動に驚いていたけれど、すぐに「決闘用の剣を三つ用意します」と頷いた。

「それでは、私は〝的当て〟を提案させてもらいましょうか」

アントワーヌも自信満々に自分が絶対に勝てるゲームを提案した。

的当てというのは、弓を引いて矢を的に当てるという競技である。

的に当てることができなかったら脱落、的に当てた者が複数いるのなら的までの距離を長くする。これを繰り返して、最後まで的に矢を当て続けた者が勝者となるのだ。

ちなみに、ルキノの頭の中では「的当てってなに？　なんとなくはわかるんだけれど」という疑問が生まれていた。しかし、それをここで言い出してはいけないことをわかっていたので、わかっているふりをしておく。

ラファエルはそんなルキノの心の中を察しつつも、涼しげな顔で「弓矢と的の用意をさせます」と言って、的当てがどういうものなのかをルキノへ遠回しに伝えた。

「私は〝カード〟で。アンティというゲームをしましょう」

そして、ルキノが提案した三つ目のゲームに、ディートリヒとアントワーヌは喜んだ。

カードはたしかに高度な心理戦になるゲームだ。けれども、勝敗には運という要素がかなり加わる。どれだけルキノが心理戦に強くても、カードなら勝てるかもしれない。

――自信はあるだろうが、カードなら！

――カードは得意だ。負ける気がしない！

ディートリヒとアントワーヌは、自分のゲームとカードで勝つことにした。

「皆さま、決闘や的当てを行いますので、庭へどうぞ」

ラファエルは急いで庭園にテーブルと椅子を用意し、そこへ皆を連れて行く。

立会人にお茶とお菓子を出し、三つのゲームの見物を楽しめるようにした。

「公平を期すために、三本とも訓練用の剣にしようと思うのですが……」

ラファエルはディートリヒ提案の『決闘』に使う剣をいくつか用意する。その中で、同じ形で同じ重さのものを使った方がいいのではと申し出た。

「私はどの剣でも構わない。剣に左右される技量ではないからな。……そちらのお二方はどうでしょうか？」

ディートリヒが勝利を確信した笑みを浮かべれば、アントワーヌは舌打ちを堪えながら「これで構いません」と言い、ルキノはいつも通りなにを考えているかわからない顔で「私も構いません」と答えた。

「決闘のルールは簡単なものにしましょう。手首に長い布を結びつけ、先に布のどこかを破いた者が勝者です」

ラファエルはすぐに幅広いリボンを三本用意させる。

ディートリヒたちは、互いの剣やリボンの強度を確認したあと、手首にリボンを一周だけ巻きつけてからしっかり結んだ。

それからコインを使い、最初に決闘する二人を決める。

「……聖女さま」

ジュリエッタがはらはらしながら決闘に挑もうとしている三人を見ていると、同じくはらはらしていますと顔に書いてあるラファエルが話しかけてくる。

「皇王陛下の剣術の腕前はどのようなものでしょうか……？」

ラファエルは、酒場で護衛騎士を殴ったルキノを見ている。ルキノに喧嘩の才能が全くないわけではないけれど、喧嘩がとても強いとも思えなかった。

「ええっと、剣を持ったことはないと聞いています……」

剣を腰に下げていると逃げるときに重くて大変、とルキノは言い、常に丸腰だ。

「……では、弓矢の腕前はいかがでしょうか」

「山奥で育っていたのならもしかして……ですが、ルキノは皇都の下町育ちなので、狩りをしたこともないと思います」

ラファエルはルキノを見て、信じられないと言いたそうな表情になった。

「なぜ皇王陛下は自信満々にゲームをしようと言い出したのでしょうか……。カードは絶対に勝てるゲームではないことをまさか知らない……？」

「逆にルキノはそれだけカードゲームに自信があるのかもしれませんよ。一勝二敗ずつで並べば、決まらないから聖女を盟主にしようと言い出しやすくなります」

「たしかに……そうですが……」

何事も確実なことをしたい生真面目なラファエルは、先のわからない展開に落ち着かないようだ。

その間にも、ディートリヒ対アントワーヌの決闘が始まり、オルランドの合図で二人が剣を振り上げていた。

（わ、わ……！）

フィオレ聖都市は決闘を禁止している。ジュリエッタは、決闘というものを見るのはこれが初めてだ。

剣が当たりそう！　と思わず目をつむってしまったのだけれど、立会人の皆は楽しそうに見物していた。ラファエルも勝敗の行方をじっと見ている。

どうやら決闘とは、高貴な人にとってはよくある娯楽の一つらしい。

「ディートリヒ皇太子殿下が勝利しましたね。アントワーヌ王子殿下も善戦していましたが……。やはりディートリヒ皇太子殿下はお強い」

いつの間にか、アントワーヌの手首に巻かれたリボンの先がざっくり斬られている。

ディートリヒはそれを見て当然だという顔をしていた。

「次は……ディートリヒ皇太子殿下と皇王陛下の決闘ですね」

ラファエルとジュリエッタは、そわそわしてしまう。

このそわそわは、怪我なく終わってほしい気持ちの表れだ。勝つとは思っていない。

オルランドは心配そうにルキノを見ながらも、開始の合図を響かせ……そして、勝負はあっさりついた。

最初の一撃で、ルキノは剣を取り落とした。あら～という顔をしている間に、ディートリヒがあっさりルキノの手首に結ばれたリボンを斬り落とす。

「……皇王陛下は手が滑ったのかしら？」

「油断していたとか？」

なにも知らない立会人は、ルキノがあっさり負けてしまったことになにかの理由をつけようとしてくれた。

ジュリエッタとラファエルは、心の中で「ただ弱いだけです……」と答える。

「では、二勝したディートリヒ皇太子殿下の勝利です」

皆が拍手でディートリヒの勝利を讃える中、ルキノは侍従に持ってきてと頼んでおいたマンドリンという弦楽器を手にする。

そして、低くて甘い声をマンドリンの音色と共に響かせた。

「三人の勇者は決闘に臨む　剣を交えて戦いを始めん
一人は見事で腕前抜群　二つの勝利を得るその実力
もう一人は善戦する　勝者も苦戦させる
そして残るはもう一人の男　残念ながら力及ばず
さあ皆でこの決闘を讃えよう　剣の舞に皆で酔いしれよう
この勝ち負けは偶然ではない　だが真剣に戦うことの美しさよ！」

二つの決闘を讃えるルキノの即興の歌に、皆が聴き惚れた。

詩の内容は相手を讃えるもので、皮肉は一切込められていない。

「ルキノには音楽の才能があったのですね……！」

ジュリエッタは「凄いです！」とルキノの素敵な詩と歌に感激する。

その横にいたラファエルもまた、ルキノの意外な才能に驚き、これなら音楽で勝負してくれと言った方がよかったのでは……と今更なことを思ってしまった。

「次は的当てです。皆さま、矢を飛ばす方向はあちらにしますが、それでも気をつけてください」

オルランドが立会人に注意を促したあと、的を用意し、木の枝に吊るす。

その間に、ルキノとディートリヒとアントワーヌには訓練用の弓の確認をしてもらい、弦の張り具合等の微調整を行ってもらった。

今回もまた、コインを使って順番を決める。

まずはディートリヒだ。彼は弓を持つ手に力を込め、狙いを定めたあと、ぱっと手を離した。勢いよく飛んでいった矢は的を見事に貫く。

立会人たちがわっと歓声を上げ、拍手を送った。

「それでは皇王陛下、お願いします」

ルキノは手に持った弓と矢を見て、子どもの頃に自分で作って遊んだなぁと懐かしくなる。しかし、あくまでも遊んだだけなので、誰かと競い合えるような腕はないし、最後に弓矢もどきを触ったのは十年以上も前のことだ。

「あっ」

ディートリヒの見よう見まねをして放った矢は、惜しいという言葉も言えないほど的から外れてしまった。しかし、矢がすぐそこに落ちたという情けない事態を回避できたので、ルキノにとっては満足できる結果である。

「……下手すぎないか？」

アントワーヌがルキノの後ろで呆れている。

ルキノは笑顔でアントワーヌに場を譲り、その腕前を見せてもらった。

「おお！　当たった！」

アントワーヌの矢が綺麗に的を貫いた瞬間、立会人たちから歓声が上がり、アントワーヌに拍手が送られた。

「このゲームはアントワーヌ王子殿下に頑張ってもらわないといけないですね……」

ラファエルとジュリエッタは、的当ての勝負がどうなるのかをはらはらしながら見守る。

ここでアントワーヌに勝利してもらわないと、ディートリヒが二勝となり、同盟の盟主がメルシュタット帝国の皇太子になってしまう。

（神よ……！　どうかアントワーヌ王子に祝福をお与えください……！）

ジュリエッタは神に仕える聖女なので、ディートリヒが的を外しますように、と祈ることはできない。できるのは、アントワーヌの応援を心の中でこっそりすることだけだ。

「では、ディートリヒ皇太子殿下。お願いします」

的は遠くに移された。

皆が見つめる中、ディートリヒとアントワーヌはどちらも的に矢を当てる。

これは見事な勝負だと、立会人たちは興奮した。

「的を更に遠くへ」

オルランドの指示によって、的がより遠い位置へ動かされる。

ディートリヒは慎重に狙いを定め、弓を引いた。矢は力強く飛んでいき……しかし、風の影響を受けたのか、的の端をかすめるだけになってしまう。

「……ッ！」

ディートリヒは舌打ちを堪え、笑顔で場所をアントワーヌに譲った。

アントワーヌは自信満々という顔で弓矢を持ち、狙いを慎重に定め、弓を引く。

――当たる！

気持ちのいい破裂音と共に、矢が的を貫いた。

わっと歓声が上がる。いい勝負だったと全員がアントワーヌに拍手を送った。

ディートリヒは苦々しく思いながらも、見事だったとアントワーヌに握手を求める。

アントワーヌは当然のことだと満足そうに笑いながら、その握手に応えた。

ルキノはというと、再び勝者を讃える詩と歌を披露し始める。

「三人の勇者　弓矢を手にして勝利を求める

的は盟主の座　狙いを定めて矢を放つ
的に矢が命中し　喝采が響き渡る
一人は勝利　勇ましいその技に誰もが敬意を
二人は敗北　けれども挫けずに立ち上がれ
勝者には栄冠と華やかな花束を　敗者には励ましを！」

いつの間にか宮廷画家もやってきて、この三人の戦いを絵に残そうとスケッチを始めていた。

立会人の何人かは、呑気に歌うルキノを見て、そもそも勝つ気がないのでは……と不思議そうにしている。

ジュリエッタは、カードの準備を始めているラファエルを見ながら、どきどきしていた。

（ルキノがカードで勝ったら、自然な流れで私が盟主になれるけれど……）

自分でカードを選んだのだから、ルキノはかなりの自信があるのだろう。

しかし、ジュリエッタは緊張のあまり、思わず顔を覆ってしまいそうになる。

「カードの確認をしてください」

ラファエルが円卓の中央にシャッフルされたカードを置いた。

円卓には三つの席が用意されていて、ルキノとディートリヒとアントワーヌがそれぞれの席についている。

立会人たちは、不正が行われないように、三人の後ろに立って見張っていた。

「確認はできましたか？　それでは、細かいルールを説明します」

ルキノはディートリヒとアントワーヌの顔を見る。

カードゲームは、大まかなルールは同じでも、国や地方によって独自のルールが加えられている。最初にきちんと説明しておかないと、あとで揉めてしまう。

「まずはこれを」

ルキノはぱちんと指を鳴らす。すると、侍従が恭しくヴィーノとグラスを持ってきた。

もう一人の侍従はなにかの小皿をルキノとディートリヒとアントワーヌの前に置く。

（もしかして、時間がかかるゲームなのかしら？）

小皿には、木の実とフルーツが盛り付けられていた。

それなら皆さんにも配った方が……とジュリエッタはラファエルをちらりと見たのだけれど、ラファエルはなぜか驚いている。

どうやらこのヴィーノと軽食の用意は、ラファエルの指示ではないようだ。

（ということは、ルキノの命令……？）

ジュリエッタがルキノをじっと見ていると、ルキノはその視線に気づいたのか、見ていてと言わんばかりにとびっきりの笑顔を向けてくれた。

どきっとしてしまったジュリエッタは、手に持っていた賢者の杖をぎゅっと握り締める。

「アンティというゲームは、まずこのカードを……」

ルキノは、カードゲームのルールを丁寧に説明していく。

特に癖のある独特のルールは追加されなかったので、ディートリヒとアントワーヌはほっとしていた。

ジュリエッタは、カードゲームというものがあることを知っているけれど、実際に遊んだことはないので、ルキノの説明をしっかり聞く。

（説明を聞いていると、運勝負な気がしてしまう……）

アンティというカードゲームは、まずプレイヤーそれぞれに決められた数のコインを配り、五枚のカードを引いてもらう。

プレイヤーは自分のカードを見て『強いアンティ・ハンド』が作れるかどうかを判断する。

アンティ・ハンドとは役のことだ。役は同じ数字を揃えたり、大きい数字を連続させたりすることで作れる。役には強さがあり、作りにくい役ほど強くなる。

プレイヤーは自分のアンティ・ハンドを確認したあと、賭けるコインの枚数を決める。

ここで全額のコインを賭けた者がいたら、ゲームエンドだ。

ゲームエンドが宣言されたら、今ある手札でアンティ・ハンドを作り、誰が勝利者なのかを決めることになる。

ゲームエンドにならなかったら、自分の手札をいくつか捨て、新しい手札を同数だけ引く。

それが終わったら手札を公開し、誰が一番強いアンティ・ハンドなのかを確認する。一番強いアンティ・ハンドを出せたゲームの勝利者は、賭けられたコインを全てもらうことができるのだ。

最終的に、全てのコインを手にした者が勝者となる。

「イゼルタ皇国で流行っている追加ルールを入れようと思います。カードを引くときに、コインを出す度に、ヴィーノを一杯飲むんです」

ルキノがグラスを掲げ、こう……と笑顔でヴィーノを飲む仕草をして見せる。

この場にいる者たちは皆、戸惑った。こんなルール、見たことも聞いたこともなかったからだ。

ラファエルも「なんだそれは⁉」と思いつつも、ルキノになにか秘策があるのかもしれないと思い、そうですという顔をなんとか作る。

「お酒に強い下町の人たちが好みそうなルールですねぇ……」

近くにいたエミリオの呟きを耳にすることができたジュリエッタは、そうだったのかと納得した。どうやらこのルールは、ルキノの周りで流行っていたものらしい。

「この追加ルールがあると、ゲームを続けていけばどうしても思考が鈍るので、皆が早めに決着をつけようとします。だからゲームの展開がとても速くなり、盛り上がるんですよ。ああ、お酒に弱い方は、早めに降りてください。悪酔いした場合に備えて、治癒魔法を使える魔導師も呼んでおきますね」

ルキノは、追加ルールについて、いかにもそれらしい解説をしている。

細かいルールはそれぞれが決めていいことになっているので、ディートリヒもアントワーヌもそれは嫌だと言い出しにくい。

——早めに決着をつけるしかないか。

——まあ、酒に弱くはないしな。

ディートリヒもアントワーヌも、酒に怯んだと思われたくなかった。覚悟を決めてルキノ提案の追加ルールを受け入れる。

「構いませんよ」

「楽しそうな追加ルールですね。いいでしょう」

ジュリエッタは、ルキノの追加ルールによって、運という要素が少なくなっていることに気づいた。

(ルキノはきっとお酒に強いんだわ……！　それに、早く決着をつけようと煽ることで、相手の行動を読みやすくしている……！)

この場にいる皆にとって、『カードを引くときに、コインを出す度に、ヴィーノを一杯』

という追加ルールは未経験である。

しかし、ルキノは経験済みだ。これはルキノにとってかなり有利なゲームになるだろう。

「それではコインを十枚」

「……五枚」

「十五枚で」

最初は普通のゲームだった。そこにヴィーノのグラスが加わったというぐらいの差しかない。

けれども、三ゲーム目ぐらいから、ディートリヒもアントワーヌもかなり酒が回ってきたようで、顔が赤くなった。頭もぐらぐらと揺れ始めている。

ルキノだけ涼しい顔をしたままヴィーノを飲み続けていた。

——くそ、普段(ふだん)はこんな量では酔わないのに……！

——イゼルタ皇王は化け物か⁉　軽食に手をつけないまま、ヴィーノだけ飲み続けるなんて……！

ディートリヒとアントワーヌは、それでもなんとかゲームを続ける。

そんな中、ルキノはディートリヒとアントワーヌではなく、その背後に立つ立会人の表情を静かに観察し続けていた。

（皇太子も王子も頑張っている。けれども、立会人の緊張の糸はもう切れた。二人の手札

を覗きこんでいる立会人は、アンティ・ハンドの強さに合わせた表情をしている)

強いアンティ・ハンドができたら「おお！」と表情が明るくなるし、弱いアンティ・ハンドにしかならなかったら「これは厳しい……」と表情を暗くする。

それがわかれば、ルキノはコインをどれぐらい賭ければいいのか、おおよその想像がつくのだ。

おまけに、ディートリヒとアントワーヌはヴィーノの飲みすぎで、判断力が酷く鈍っていた。既に二人は運任せのゲームしかできていない。

(このまま続けていけば勝てるだろうけれど、それじゃあ駄目なんだよな)

本当に賢い者は、そろそろ自らこのゲームを降りるだろう。そうしないでほしいルキノは、にこにこ笑いながら煽っていく。

「お二人とも随分と酔っているようですが、大丈夫ですか？　このまま続けても結果は……と思いますし、先にゲームから降りてもいいんですよ？」

ルキノが負けそうですねと言えば、相手はむっとするものだ。酔っ払いなら更に。

こちらの思惑通り、ディートリヒとアントワーヌは「絶対にゲームから降りない！」という意思を固め、ゲームを続けてしまう。

(じゃ、ゲームを引き延ばしますか)

ルキノはわざと負けたり勝ったりして、コインを全て自分が取らないようにし、ディートリヒとアントワーヌがヴィーノを飲まなくてはならない状況に追い込む。

そして――……ついにアントワーヌがふらりと椅子から立ち上がった。

いよいよ限界がきたかと皆は慌てる。

「おおっと、アントワーヌ王子、大丈夫ですか？」

ルキノはふらふらのアントワーヌを介抱するふりをして、ごめんねと心の中で謝ったあと、腹を支えている手に力をぐっと込め、背中を押した。

「ああ、ぶつかってしまう！」

わざとらしい声をルキノは出す。

アントワーヌはルキノに押されるままふらふらと前に進み、ディートリヒに突っ込んでしまった。急に動き、おまけに腹をルキノに押されたということもあり、アントワーヌから発生した惨劇がディートリヒに襲いかかる。

「ああっ!?」

「大丈夫ですか!?　誰か、水を！」

胃の中のものを盛大に吐き出してしまったアントワーヌは、ディートリヒの膝の上に倒れ込んでしまった。

ジュリエッタはアントワーヌに癒やしの魔法をかけようとして駆け寄ったのだけれど、酔っ払っていたディートリヒが連鎖反応を起こしてしまう。

ジュリエッタの足が思わず止まってしまった。

「うわぁ～……」

アントワーヌ目がけて吐いてしまったディートリヒに、皆がなんてことだと嘆く。

二人共、惚れ惚れする戦いを見せてくれていたのに、どうしてこうなったのか。

誰もが呆然とする中で、一足早く我に返ったジュリエッタは、急いで神聖魔法を使う。

「緑なす大地の祈り――……。

大地に降り注ぐは雨、咲き誇るは命。

我らは慈愛の恵みを求む、さらば与えられん。

偉大なる神よ、我らに祝福を！

癒やしの奇跡！」

アントワーヌとディートリヒは顔を真っ青にしていたけれど、ジュリエッタの癒やしの魔法のおかげで顔色が元に戻る。

水分をしっかり取らせておけば、二日酔いになることもないはずだ。

「お二人を部屋まで運ぶように」

ラファエルが集まってきた兵士にそう命じ、二人の従者に着替えの用意を……と小声で指示を出していた。

「えーっと……つまりこれは……」

「皇王陛下が勝者ということでいいのか……？」

このゲームは、ディートリヒとアントワーヌが動けなくなってしまったことにより、ルキノが勝者ということになりそうだ。

最初は皆が楽しんでいた盟主決めのゲームだったけれど、終わり方があまりにも酷く、全員がため息をついてしまった。

翌日、ルキノは皇帝の執務室でマンドリンを片手に、低くて甘い美声を披露していた。

「三人の勇者が切り札を選ぶ
円卓上で美酒と共に激しい勝負に挑む
一人の男は冷静に勝利を目指し　戦略を練った
しかしながら二人の男は美酒に酔い　敗北を喫した
彼らは勝利を讃える言葉の代わりに　口から美酒を零す
ああ、それを嘆くことなかれ！
最後まで戦おうとした勇姿は　皆の記憶に刻まれるべきである」

ちょうどルキノに会いにきていたラファエルは、その歌を聴いてため息をつく。

「――酷い歌ですね。酔っ払って吐いたことを覚えておきましょうだなんて」

「まあ、歌にしなくても皆は覚えていてくれると思うよ。歌にしたのは、忘れてくれと言わせるためだからさ」

ルキノはマンドリンを机の上に置く。

「ディートリヒ皇太子とアントワーヌ王子の見舞いに、ジュリエッタと共に行ってきたよ。二人とも俺の歌を聴いたら、盟主は辞退するからその歌を広めたり昨日のことを絵にしたりするのはやめてくれと頼んできた」

「……でしょうね」

誰だってみっともない姿を歌や絵に残されたくはない。色々な問題が発生してしまう。

「皇王陛下……。どこまで計算だったんですか？」

ラファエルはルキノの瞳をじっと見た。

「んん～？　いや、上手くいったらいいね～ぐらいで、計算というほどでもないって」

最初は、ラファエルやジュリエッタの間で、盟主問題で揉めたら聖女を盟主にしようということになっていた。

けれども、やはりルキノが盟主でいた方がいいのもたしかである。イゼルタ皇国が主体になって動くことで、金がなくて弱っているという印象を薄めることができるのだ。

「今回は運よく上手くいっただけ」

ルキノは笑顔でよかったよと言うけれど、ラファエルはルキノに疑いの眼差しを向けたままだった。

「……まぁ、多少はずるいこともした。二人に出した軽食は、酒の回りがよくなるものなんだ。最初に早く酔ったら不利になるという話をしておいたから、絶対に軽食に手をつけるだろうってね」

金がない貧乏な平民が、手早く酔うために食べる木の実やフルーツ。

平民事情に詳しくないディートリヒやアントワーヌなら気づかないだろうと思った通り、二人はヴィーノを飲みながらきちんと軽食に手をつけた。それで酔いが早く回った。

「酔って動けなくなるまで飲ませようって最初から思ってたんだ。みっともない姿をみんなに見せれば、盟主になりたいなんてもう言えないだろうし。服を脱ぐとか、泣き出すとか、そういうのを想像していたんだけれどね。あ、イカサマにも自信はあった。そっちは使わずにすんだよ」

ジュリエッタの前でイカサマはあまり使いたくなくてさ、とルキノは肩をすくめる。

「聖女ジュリエッタです。入ります」

ドアをノックする音と共に、ジュリエッタの声が聞こえてくる。

ルキノはラファエルに向かって人差し指を自分の唇に当てたあと、ウィンクをした。

「さっきの話は内緒にしてくれ」という意味であることは、ラファエルにしっかり伝わる。

ジュリエッタは部屋に入ってくると、ラファエルの姿に気づいた。

「ちょうどよかったです。魔導師との打ち合わせが終わりました。皆さんを守る準備は完了しています」

ジュリエッタの報告に、ラファエルはほっとする。魔法の分野に関しては、ラファエルはもうジュリエッタに任せるしかないのだ。

「うん、それはよかった。……でさ、ラファエル、ご褒美の話なんだけれど」

ルキノが前に言っていた「ちょっと遠出したい」というご褒美。

ラファエルは、ルキノが同盟の盟主になってもならなくても、レヴェニカ国との戦争が終わったらそれを叶えようと思っていた。

「ご安心ください。きちんとこちらで準備します」

平民出身のルキノに無理をさせている自覚は、ラファエルにもある。

その辺りのことも自分がしっかり配慮しなくては……と考えていたら、ルキノが頬杖をついた。

「……ってことで、ジュリエッタ。ラファエルに遠出の許可をきちんともらったから、俺も連れて行って」

ジュリエッタはルキノを見て目を円くし、そのあとラファエルを窺う。

「えーっと……大丈夫ですか？」

「ラファエル、いいよな？」

「はい」

ルキノがラファエルに返事を求めると、ラファエルはあっさり肯定してしまった。

「ほらね」

ジュリエッタは、本当にいいのかとちらちらとラファエルを見てしまう。

ラファエルは、なぜジュリエッタが妙な反応をするのかわからず、首を傾げて……ようやくルキノの意図に気づいた。

「まさか⁉」

「そのまさか。ジュリエッタと一緒にアンジェラを助けに行こうと思って。俺ならアンジェラかどうかは遠くからでもわかるし」

ルキノがいい笑顔を見せると、ラファエルは口をぽかんと開けたあと、首を慌てて横に振った。

「いけません！　危険です！　敵国ですよ⁉」

「ならジュリエッタは危険でもいいわけ？」

「聖女さまは、今はまだフィオレ聖都市の聖女ですから！　向こうもフィオレ教を敵に回したくないでしょうし、聖女さまには手出しできないはずです！」

それに、ジュリエッタには神聖魔法がある。自分の身を守ることができるし、フィオレ教の人たちはジュリエッタを助けようとするだろう。

「そのジュリエッタが俺を守ってくれるんだ」

ルキノは椅子から立ち上がり、一歩も引かないと真剣な眼差しをラファエルに向けた。

「……悪い、ラファエル。ここで妹を迎えに行かなかったら、俺はなんのために皇王になったのかわからない。元々、妹を守りたくて皇王になっただけだ」

「存じています。存じていますが……！」

ラファエルは、ルキノが妹を助けようとした兄だから皇国を救えたということをわかっている。薄情者だったら、妹に全てを押し付けて逃げていた。そして、皇国は今頃、メルシュタット帝国に支配されていただろう。

「……それでも、私たちは貴方を失うわけにはいかないんです」

この国のためにどうか、とラファエルが思いを込める。

けれどもルキノは、己の決意を覆す気はないと主張した。

「俺も妹を失うわけにはいかない。本当は、俺は妹を守るために皇王を辞めるって言いたいぐらいだ。……これが俺のぎりぎりの譲歩だろうなぁ」

「譲歩……」

ラファエルは、ルキノが妹を失った場合を考えてみる。

きっとルキノは、ルキノ自身を許さないだろう。国のためだから仕方ないと割り切れないだろう。この国を飛び出すだけならまだいい。しかし、怒り(いか)や絶望を自分自身に、そして皇国に向けることになったら……という最悪の想像をする。

「ラファエル、私からもお願いします。これは私たちにも責任があります。帝王学(ていおうがく)を身につけていない人に皇王を任せたら、こうなってしまうんです。私たちはあのとき、とても甘い判断をしたのでしょう」

「聖女さま……」

もう自分たちはルキノを皇王に選んだあとだ。

ルキノに皇王のままでいてもらいたいのなら、こちらも譲歩をしなくてはいけない。

「それに、帝王学を受けていないのは私も同じです。私は聖女ですから、妹を救うというルキノに与えられた試練を、ルキノ自身が乗り越えるべきだと思っています。そして、それを助けるのが聖女である私の役割です」

ジュリエッタが帝王学を受けていたら、ルキノに行くべきではないと言えた。

しかし、ジュリエッタが受けてきたのは神学だ。救いを求める人を救うことに、躊躇う(ためら)気持ちはない。

「ルキノは絶対に守ります」

ジュリエッタの加勢に、ラファエルはもうなにも言えなくなってしまった。

妹を想う(おも)兄がこの皇国を救った。

救いを求める人を救いたいと思った聖女がこの皇国を救った。

ならば、今度は自分たちが聖女の気持ちを尊重し、妹想いの兄を救わなければならない。

「……まずは、皇王陛下が皇国に戻れなかった場合の話をさせてください。皇王陛下の妹姫はレヴェニカ国に出たため、皇位継承権を放棄したことになっています。第一皇位継承者が誰なのか、まだ確定していません」

ラファエルの譲歩に、ルキノは必死に『次の皇王は誰なのか問題』を考える。

「たしか前にさ、革命って手段もあるってジュリエッタが言ってた」

「はい。その場合、イゼルタ皇国ではなく、新しい別の国が誕生します」

皇城内は多くの魔法によって守られている。イゼルタ皇国の皇王でなければ入れない場所や動かせない物もあるのだ。

もしも『イゼルタ皇国』が消えて新しい国が誕生したら、皇城で暮らすことはかなり厳しいだろう。

「俺が皇王としての資格を失ったら、もしくは俺が死んだら、次の皇王はお前になってほしい。革命を起こしてくれ。ラファエルが王になったら、前皇王も話を聞いてくれるだろうしさ」

「……事実上の譲位という革命なら、起こしてもいいですよ」

ラファエルはついに折れた。頭が痛いと言いながらも、これも自分が皇国に残らなかったせいだと、この状況を受け入れる。

「ごめん、ラファエル。こういう無茶なことはさ、これっきりにする。あとは真面目に皇王をやるよ」

「……頼みますよ。あと、貴方の直筆の手紙を残してもらいます。私が新たな王になるための正当性は必要ですからね。文面はこちらで考えますから」

どこの国にも、わざわざ自ら戦争をしに行く王はいる。危険だと臣下が諫めても、聞き入れない者はいくらでもいる。

政治を投げ出した王もいるし、民に慈悲をかけない王もいるし、愛する人のために国を捨てて駆け落ちを選んだ王もいる。

彼らと比べたら、ルキノは無茶していることをきちんと自覚しているし、聖女の守りがあるし、今後はこういうことをしないと言ってくれている。

そう思えば、ルキノは平民出身のとんでもない王ではなくて、比較的大人しくてまともな王なのかもしれない。

いつも皇王であることにやる気がなさそうなルキノが、たった一度の無茶でやる気を出してくれるというのなら、寧ろその方がいいし、そうするために全力で支援すべきだ。

ラファエルは自身をそう納得させていたのだけれど、ルキノはもう一度謝ってきた。

「……悪い、俺ばっかり家族のことを考えている」

家族を大事にすることは当然のことだ。謝ることではないとラファエルは思う。

「ラファエルだって、家族のことを大事にしたいだろう？」

すると、ルキノはラファエルを気遣う言葉を口にした。

ラファエルは少しの間のあと、ゆっくり首を横に振る。

「私のことはお構いなく。このような事態への覚悟はできていました」

ラファエルは本心を述べたけれど、ルキノは心配そうな表情のままだ。

「本当ですよ。皇国に戻ってきて、皇王になるつもりでいたときに、平和を取り戻したら皇位のことで揉めるだろうという予想をしていました。誰だって平和になったら、捨てたはずのものを惜しく思ってしまうんです」

皇国のための選択をしたらどうやっても親と敵対してしまうのだと、ラファエルはルキノに言い切る。

「それでも、お前にとっては大事な家族だ」

ルキノもまた、迷いなく言い切った。

「俺は前皇王のこと、あまり好きじゃなかった。皇国を捨てたからな。死んでもなにも思わなかっただろうよ。でもさ、今はラファエルと知り合ったあとだから、ラファエルの親とも思っている。やっぱりそうなると感覚が違ってくるって」

ルキノの拳に力がぐっと入る。

「俺にできることがあれば言ってほしい。手伝うから」

ルキノの平民らしい正直な思い。

それは今のラファエルの心を強く打った。

「皇王陛下のそのお気持ちだけ頂きます。……私は、そのお気持ちを頂いたことで充分(じゅうぶん)に救われました。ありがとうございます」

ラファエルは「お前の親のせいで酷い目に遭(あ)った！」と皇国の民から責められたら、その言葉を黙(だま)って受け入れるつもりでいた。

けれどもルキノは、責めるどころか労(いたわ)りの言葉をかけてくれる。

ラファエルは、自分にやれることならなんでもやろうと改めて決意した。

第二章

レヴェニカ国がイゼルタ皇国に向かって進軍する中、それでもイゼルタ皇国は新たな皇王に冠を載せようとしていた。

しかし、当日になって戴冠式会場が変更になる。

民はどういうことだとざわつき、レヴェニカ国が思ったよりも近くまできているのではないか……と心配したのだけれど、関係者は予定通りだという顔をしていた。

――変更後の戴冠式の会場は、イゼルタ皇国とレヴェニカ国の国境付近の砦。

招待客たちは密かに会場へ入り、見張りの塔の中で待機をしていた。

そのことを知らないレヴェニカ軍は、ついにイゼルタ皇国の国境付近へ到着する。

「我が軍の目的は賊王の討伐！　レヴェニカ国に栄光あれ！　正統なるイゼルタ皇王陛下に栄光あれ！」

レヴェニカ軍は、総司令官の号令に従って進軍し続けた。

国境を越え、砦の前で陣形を整え、その後方に魔導師たちを並べる。

「攻撃開始！」

魔導師たちが攻撃用の魔法の詠唱を開始する。

魔石の力を借りて魔力を増幅させ、大規模な爆破呪文を完成させた。

――最初の一撃は大事だ！

レヴェニカ国の総司令官はぐっと拳を握った。

砦に兵士たちが集まってきている気配はない。間諜の報告通り、この砦にはレヴェニカ軍の情報を集める役割しかなく、軍はもう一つ先の砦に戦力を集中させている。

皇国はこの砦を死守する気はないだろうし、魔導師が配備されていても見張りの兵士を守る程度の魔法しか使わないだろう……と思っていた。

「蒼き風の祈り――……」

しかし、砦の中には知識の聖女がいた。

ヴァヴェルドラゴンの魔石に大量の神聖力を蓄えておいたジュリエッタは、大規模魔法を自分一人で発動させようとしている。

「風を生むのは空、行き着くは海。

我らは守護の恵みを求む、さらば与えられん。

偉大なる神よ、我らに祝福を！」

ルキノは、神聖魔法を使うジュリエッタをじっと見つめる。

神聖力がジュリエッタに集まってきて、きらきらと輝いていた。

「盾の奇跡！」

ジュリエッタを中心にして、白く輝く光が広がっていく。

それは砦を覆うほどの大きさになり、人の目にも薄い膜があるように見えた。人の目に見えるというのは、それだけ強固な障壁だということでもあるのだ。

「鐘を鳴らせ！」

ラファエルの指示で、見張りの塔の鐘が鳴り始める。

これは新たな皇王の誕生を祝う音だ。

そして、戴冠式が無事に終わったことを皆に告げる音でもあった。

「一体どういうことだ!?」

レヴェニカ軍の総司令官は叫ぶ。

魔導師による魔法攻撃はなぜか失敗してしまった。

砦を破壊するための攻撃魔法はたしかに発動したのに、誰かがその攻撃魔法を見事に防いだのだ。

国中の魔導師が集まればこのような大規模な防御魔法を使うことも可能だろうけれど、

この砦をそこまでして守る意味はない。だからどうしても目の前で起きたことが理解できなかった。

「この鐘の音はどういう意味なんだ……？」

ガラン……、ガラン……、と見張りの塔の鐘が鳴り響いている。

敵襲を知らせるのであれば、あまりにも遅すぎるだろう。

「なぜ今、鳴らす……？」

レヴェニカ軍の総司令官と兵士たちは、攻撃魔法が効かなかったことへの驚きと、砦を守る薄い膜のようなものへの戸惑いと、そして鳴り響く鐘の音に不安を感じてしまった。

——なにが起きているんだ!?

——どうして攻撃魔法が全く効かなかったのだろうか……。

——この砦は見張りしかいないはずなのに……！

動揺がじわじわと広がっていく中で、誰かが「あっ！」という声を上げた。

「あれは……聖女さま!?」

「待て、隣の……あの紋章は、メルシュタット帝国!?」

「王冠をつけた男!?」

「バレローナ国の紋章も見えるぞ！」

レヴェニカ軍の総司令官は、兵士たちがざわめく中、必死に目を凝らす。

なにが起きているのかわからなくて動揺していると、王冠をつけた男が白い鳥を飛ばしてきた。

これはよくある魔法の一つだ。手に鳥を止まらせると手紙になる。

レヴェニカ軍の総司令官が手紙になったものを開けば、そこには新イゼルタ皇王のお披露目用の戴冠式が砦の中で無事に終了したことや、イゼルタ皇王からの宣戦布告、妹と前イゼルタ皇王を引き渡せば停戦してもいいということが書かれていた。

「あの男はまさか、イゼルタ皇王……!?」

年若い新たな皇王がこちらに向かってひらひらと手を振っている。

レヴェニカ軍の総司令官は、目を見開いてしまった。

どうしてこんな危険なところで戴冠式を行ったのか。どうしてこんなにも危険な場所に各国の招待客を招いたのか。そして各国の招待客もなぜそれに応じたのか。

「もしかして……!?」

見張りの塔に立つ各国の招待客たちが、白い鳥を次々に飛ばしてくる。

総司令官は手紙になったものを慌てて開いたあと、叫んでしまった。

「メルシュタット帝国による宣戦布告……!?」

砦にイゼルタ皇国の皇旗が立てられた。

それだけではなく、メルシュタット帝国、モンクレア国、バレローナ国……次々に他の国の国旗も立てられていく。

「まさか、同盟を結んだのか……⁉　我々の戦う相手は連合軍なのか⁉」

メルシュタット帝国以外の国からの宣戦布告も届いた。

宣戦布告の理由は、どこも『人質を取るという非人道的な行いをしたレヴェニカ国に攻撃されたから』というものである。

「くそっ！」

勿論、この宣戦布告の文書は事前に用意されたものだろう。

イゼルタ皇国の同盟国は、レヴェニカ国に宣戦布告する理由を作るため、あの砦で行われた戴冠式に出席し、わざと攻撃されたのだ。

「この戦力では連合軍に勝てない……！」

イゼルタ皇国は、メルシュタット帝国とバレローナ国との戦争で疲れ切っている。

今なら皇国に勝てるとレヴェニカ国は判断し、皇国を見捨てた皇王と手を組んだ。けれども、状況は変わってしまった。それもがらりと。

「王都に早馬を飛ばせ！　全軍、近くの砦まで後退！」

軍人たるもの、それでも国王に戦えと言われたら戦うしかない。

しかし、敗戦が明らかであるのなら、戦わずに引くという方法を国王が選ぶ可能性もあった。

レヴェニカ軍が撤退を始めた。

冷静な判断にルキノは口笛を吹いて讃えたのだけれど、ラファエルに睨まれる。

「それでは、私はこれにて失礼します。我が軍もレヴェニカ国に進軍しなければなりませんので」

ディートリヒの言葉に、ルキノは頷いた。

「慌ただしい戴冠式となってしまいましたね。レヴェニカ国との講和式典にてまたお会いしましょう」

——次に会うときは、同盟側が勝利したあと。

ディートリヒたちは、勝つことは当然だという挨拶をしてから砦を出発した。

ルキノとジュリエッタは、ディートリヒたちを丁寧に見送る。

最後の一人が砦から出て行ったあと、ルキノは息を吐きながら首元をぐっと緩めた。

「……とりあえず、戴冠式は予定通りに終わった」

そして、整えていた髪をぐしゃぐしゃとかき回す。

戴冠式での動きと言葉、それが終わったら招待客との挨拶。

ジュリエッタやラファエルが言い間違えないようについていてくれていたおかげで、ルキノはなんとか無事に全ての予定を終わらせることができた。

「ルキノ、ここからは時間との勝負です。急ぎましょう」

ジュリエッタとルキノは急いで着替える。用意された馬車に乗り込めば、すぐに動き出した。

「遠くからでもアンジェラさんだとわかるのはルキノだけです。絶対に助けましょうね」

ジュリエッタは、拳をぐっとルキノに突き出す。

ルキノは己の拳をジュリエッタの拳にこつんと当てた。

「じゃあ、レヴェニカ国の王都に行くとしますか！」

いよいよアンジェラ救出作戦開始だ。

ルキノ、ジュリエッタ、護衛の兵士四名と魔導師一名という小さな部隊でアンジェラを迎えに行くつもりである。

ジュリエッタたちは、レヴェニカ軍に遭遇しないよう気をつけながら、国境越えに適した山の中へ移動した。

途中からは徒歩だ。道なき道を歩くのはとても大変だし、崖や滝といった普通の人間には絶対通れない場所もある。

それでも、ジュリエッタと魔導師は魔法を交互に使い、崖に手足をかけるような穴を作ったり、風の魔法を使ってゆっくり飛び降りたりできるようにした。

「うわ、こんなところを通ってきたのか……」

ルキノは恐ろしい～と言いながら、山頂付近から通ってきた道を見て口笛を吹く。

「では、ルキノ。ここで改めて宣誓してください」

「わかった。……皇王ルキノは、聖地巡礼をするために、知識の聖女ジュリエッタと共にレヴェニカ国に入ります」

宣誓の言葉を口にしてから急いで山を下りれば、そこはもうレヴェニカ国だ。何日も前からこっそりレヴェニカ国に入っていた兵士と合流し、四頭の馬を受け取った。

ここからは馬での移動になる。大きな街道に向かっていたら、小さな村が見えてきた。

「フィオレ教の教会がありますね。ここで一度、祈らせてください」

ジュリエッタは、ルキノや護衛の兵士たちと共に教会の中へ入り、神に祈りを捧げた。

ルキノもまた、ジュリエッタの真似をして祈りを捧げる。

「これでルキノは〝聖地巡礼〟のためにイゼルタ皇国を離れたことになります」

ルキノがアンジェラの救出に向かうためには、二つの大きな問題があった。

一つは『身の安全を確保できない』だ。

そしてもう一つは『国外に出ると皇王としての資格を失う』である。

皇王は、イゼルタ皇国から出てはならない。出た時点で、退位したことになる。

しかし、ルキノの妹を奪還するためには、遠くからでもアンジェラかどうかがわかる兄のルキノはたしかに必要だった。アンジェラによく似た別人を用意されて、その人が「アンジェラです」と言ったら、ジュリエッタたちはそれを信じるしかないからである。

(皇王がイゼルタ皇国から出ても許される例外が一つだけある。――〝聖地巡礼〟のためなら、皇王は退位したことにならない)

これは本来、皇王がフィオレ聖都市へ祈りを捧げにくるときに適用される皇国法だ。

この皇国法には『聖地』とだけ書いてあり、フィオレ聖都市とは書かれていない。そのことに気づいたジュリエッタは、法の抜け道を必死に探した。

まず、聖地の定義とは、一体どのようなものなのか。

ジュリエッタはフィオレ聖都市に戻り、そこからきちんと確認してみた。

――聖地とは、神や聖女、聖人との関わりが深い場所。もしくは、聖女や聖人認定された枢機卿が祈りを捧げた場所。この定義を満たし、大会議で承認を得れば、聖地として正式に認定されることになる。

皇国法には、『正式に認められた聖地』とは書かれていない。あくまでも『聖地』だ。

聖女ジュリエッタがどこかの教会で祈りを捧げれば、そこは聖地と言えるようになる。

その聖地となった教会に行くと皇王が宣言してしまえば、例外である『聖地巡礼をしただけ』になるのだ。

「ルキノ、皇王の誓約書を見せてください」

皇城に初めて入った日、ルキノは皇城の主である皇王になるという誓約書にサインをした。その誓約書にかけられた魔法によって、ルキノは皇城の正式な主と認められている。だから魔法がかかっている扉も手をかざすだけで開けられるのだ。

もしもルキノが皇王の資格を失ったと誓約書に判断されたら、誓約書にかけられた魔法によって、『皇王』の部分が『元皇王』に書き換えられるはずである。

「皇王のままですね……！」

ジュリエッタがほっとしていると、ルキノはよくわからないという表情になった。

「本当にこんなことで誓約書を騙せるわけ？　なら、前皇王もそうしたらよかったのに」

ルキノの疑問に、ジュリエッタはそういうものですよと笑う。

「皇城にかけられた魔法は、皇国法から外れていないかどうかをただ単純に判断しているだけなんです。法律や魔法は、基本的に単純なものです。何事にも例外はありますし、例外に対応するためにも、人が判断する部分を残した方がいいと思います」

「えーっと、わかったようなわからないような……」

「それに、今回のやり方は、聖女か聖人認定された枢機卿に協力を頼まないといけません。皇国やフィオレ聖都市にとっての『聖地』と『正式に認定された聖地』の正しい定義を知っている人はそう多くないですし、前皇王はこの方法に気づけなかったのでしょう」

ジュリエッタも、ルキノのための抜け道はないだろうかと必死に探さなければ、このような方法は思いつかなかったはずだ。

（誓約書を上手く騙すことはできた。でも、問題はこれだけではない。戦争をしている最中に、たったこの数の護衛で敵国に乗り込むなんて、あまりにも危険すぎる……！）

アンジェラ救出部隊は、『イゼルタ皇国から逃げてきた避難民』というふりをして移動するつもりだ。

ルキノは皇王になったばかりで、顔を知られていない。服装を替えたら、下町の青年にきちんと見えるだろう。

「では、行きましょうか」

ジュリエッタたちは小さな村を出て、馬をひたすら走らせた。

レヴェニカ国にはイゼルタ皇国の避難民がまた沢山残っているはずだ。それに紛れることはそう難しくない。

（レヴェニカ国にとって今回の戦争の目的は、『イゼルタ皇王が偽皇王から皇国を取り戻そうとしているから、その手伝いをする』になっている。だから、皇国の避難民は偽皇王の被害者という扱いにするしかない）

普通の戦争だったら、避難民たちはレヴェニカ国の兵士に捕まって捕虜や奴隷にされるだろう。けれども、今回の避難民は被害者だ。

（でも、レヴェニカ国に余裕がなくなってしまったら……戦争終結を急がないと……！）

この日は、夜遅くまで馬を走らせ、それから野営をすることになった。

護衛の兵士たちが交代で見張りをしますと言ってくれたので、ジュリエッタは彼らの配慮に感謝しつつ、慣れない旅で疲れた身体を癒やすことに専念する。

「神よ、我らに安らかな眠りをお与えください。眠りの中でも、私の愛する方々をお守りください」

就寝前の祈りを終えると、ジュリエッタは毛布にくるまった。

流石に野外で毛布一枚だけで寝るという経験はないけれど、兵士たちのおかげで夜行性のモンスターに突然襲われるということはない。安心して眠れる。

「……ジュリエッタ。俺のわがままを聞いてくれてありがとう」

まぶたを閉じたとき、隣に寝転んでいたルキノが呟いた。

ジュリエッタに聞こえてもいいし、聞こえなくてもいい。そんな大きさだ。

「貴方はこれまで沢山のことを我慢してきました。民の一人としてレヴェニカ国に逃げるという普通のことすらも我慢してくれました。だから、叶えられるわがままはできるだけ叶えたいんです。ラファエルも、みんなも、同じ気持ちですよ」

ある日、イゼルタ皇王が皇城から逃げ出し、レヴェニカ国に行ってしまった。

皇城に残った人たちは呆然としただろう。慌てて皇王を追いかけた者もいただろうし、事情があって追いかけられなかった人もいたし、皇国を守るために残ることを決意した者もいたはずだ。

——新しい皇王になってくれる人はいるのだろうか。

処刑されてしまうかもしれない最後の皇王を引き受けてくれる者はやはりいなくて、みんながもう皇国は終わりだと諦めかけたとき、ルキノだけが「いいよ」と言ってくれたのだ。そして、ルキノは皇国を救ってくれた。

「みんな貴方に恩返しをしたいんです」

ジュリエッタの言葉に、ルキノはしばらく黙り込んだ。

「……俺はジュリエッタたちに助けられてばかりな気がするけれどね。恩返しをしきれるかなぁ」

一生無理そう、とルキノは小さな声で笑う。

(一生かけても恩返しができないのは私の方ですよ)

人には必ず足りないものがあって、ルキノとジュリエッタは偶然にもそれを埋め合えるようになっている。

——だから私たちは〝相棒〟なんです。

相棒のために、明日も頑張ろうとジュリエッタは神に誓った。

ジュリエッタとルキノは、レヴェニカ国の王都へ無事に着いた。

避難民のふりをするという作戦は上手くいっている。ルキノが皇王だと誰にも気づかれていない。今は避難民に構っている場合ではないという雰囲気にも助けられただろう。

（レヴェニカ国は混乱している。無理もないわ）

今頃、メルシュタット帝国やモンクレア国は、レヴェニカ国に侵攻しているはずだ。新たな敵勢力の登場によって、レヴェニカ国はイゼルタ皇国に攻め込む計画を諦めなければならなくなっている。ここからは防戦ばかりになるだろう。

「さて……と。ジュリエッタ、準備はいい？」

「はい！」

もしかすると数日中……明日にも和平交渉を求める使者が、イゼルタ皇国やその同盟国に向かうはずだ。

同盟国たちは、進軍を停止してくれというルキノの要請に従わない可能性がある。その場合、アンジェラの命は危うくなるだろう。

（アンジェラさんの一回目の救出作戦。ルキノが参加してもいいのはこれだけ……！）

　絶対に成功させなければならない一回目の救出作戦のために、多くの準備をしてきた。

　ジュリエッタがフィオレ教を利用してレヴェニカ国王へ圧力をかけたことによって、レヴェニカ国王はアンジェラを手元で監視することにしたはずだ。

　実際に、レヴェニカ国に入り込んだ皇国軍の間諜が、アンジェラらしき人物を乗せた馬車が王宮に入ったところを見ている。

（でも、王宮の警備はとても厳しい。メイドの服や使用人の服を着ていても、部外者は絶対に入れない）

　王宮の出入り口には、必ず見張りの兵士が立っている。知らない顔が入ろうとしたら、呼び止められてしまう。

　部外者は、事前に出入りすることを申請してきちんと通行証をもらっておかないと、王宮内に入れないのだ。

（それでも——……危機的状況になれば、警備は緩くなる）

　王宮のメイド服を着たジュリエッタは、王宮に近づける限界のところで布に包まれた賢者の杖を握り直した。

　深呼吸をしたあと、目を閉じる。周囲に漂う神聖力を集めていき、杖の先にあるヴァヴエルドラゴンの目に意識を集中させる。

「緑なす大地の祈り——……」

ジュリエッタの瞳が開いた。美しい金色の髪がふわりと浮く。顔から幼さが消え、代わりに神々しさが増した。

ルキノはジュリエッタの神聖魔法を邪魔しないように、少し離れたところからジュリエッタを見守る。

(やっぱり、大きな魔法を使うときはジュリエッタの目が赤くなるんだよなぁ)

ヴァヴェルドラゴンの力を使うせいなのかな、と思いつつ、ジュリエッタならサファイアもルビーも似合うだろうなという関係のないことを考えてしまった。

「大地を揺るがす轟き、鳴り響くは蹄音。

我らは解放の恵みを求む、さらば与えられん。

偉大なる神よ、我らに祝福を！」

ジュリエッタは賢者の杖の先で地面をとんと突く。

「脈動の奇跡！」

魔石に溜め込んだ神聖力が解放される。

途端、大地が揺れ始めた。最初は緩やかに、段々と激しくなる揺れは、ジュリエッタの神聖魔法によるものだということを知らなかったら、ルキノも地震だと慌てただろう。

「……人が出てきた！」

目がいいルキノは、王宮内の様子をジュリエッタに伝える。

「もう少し揺らした方がいいでしょうか？」

「そうだね」

ジュリエッタは手に力を込め、大地をより震わせていく。

王宮内は騒ぎになっているだろう。避難が始まっているはずだ。

（一度、揺れを止める……！）

王宮内にいた人々がどんどん外に出てきた。

ジュリエッタとルキノと護衛の兵士の二人は、急いで使用人用の門に向かう。誰もが我先にとそこから出てきている。

そんな中、ルキノは妹を必死に捜した。

「ルキノ！　アンジェラさんはいますか⁉」

「今のところはどこにもいない……！」

ルキノは目を凝らす。

ジュリエッタもはらはらしながらあちこちに視線を向け、人の流れを見た。すると、遠くに見知った顔がある。

「……！　正門からレヴェニカ国王が出てきました！　イゼルタ前皇王たちもです！　ル

キノ、彼らの近くにアンジェラさんはいますか⁉」

「……いない！」

「なら、避難できる状況にない可能性があります！　王宮内に入りましょう！」

そして、ジュリエッタはもう一度大地を揺らし始める。

「脈動の奇跡（トリアイナ・ララ・リーリエラ）！」

今だ、とジュリエッタは足を動かし、人の流れに逆らった。

「ナターリアはどこ⁉　ナターリア！」

仲のいい友達を捜していますという顔で、ジュリエッタはすんなり王宮への侵入（しんにゅう）に成功する。

危ないから駄目（だめ）だと手を伸（の）ばしてくれた兵士もいたけれど、人の流れに逆らうことができず、ジュリエッタを掴（つか）むことはできなかった。

ルキノたちも使用人のふりをしながら、王宮内に入る。

ジュリエッタたちは、向こう側から走ってくるメイドに声をかけた。

「待ってください！　アンジェラさまをお連れしないと！」

「え⁉　誰のこと⁉　そんなことより逃げた方がいいわよ！」

どうやらこのメイドは、人質となったアンジェラのことを知らないらしい。

ジュリエッタたちは王宮内の建物を目指しながら、何度も同じやり取りをする。

「アンジェラさまをお連れしろと言われた！　どこにいらっしゃるんだ!?」

建物に入ってからもそれを続け、階段のところにいた兵士にアンジェラの居場所を尋(たず)ねると、その兵士は「あっ」という顔をした。

「そうだ！　人質……！　部屋の鍵(かぎ)は持ってきているか!?」

どうやらアンジェラの監禁場所を知っている人物に出会えたようだ。しかしこの男は、鍵を持っていなかった。

ルキノの護衛の兵士は、「ここにあります！」とポケットを叩(たた)き、とっさに嘘(うそ)をつく。

「人質の部屋はこっちだ！」

王宮の兵士は塔の中に入り、階段を駆け上がった。

とある小部屋の前で立ち止まったので、ジュリエッタはそこで神聖魔法を使う。

「安らぎの奇跡(ソムヌス・ララ・リーリエラ)！」

ジュリエッタによって眠らされた王宮の兵士の身体が傾(かたむ)いた。ルキノの護衛の兵士はそれを上手く受け止め、端(はし)にそっと寝かせてやる。

ジュリエッタがルキノの顔を見て頷けば、ルキノは扉を勢いよく叩いた。

「アンジェラ！　いるのか!?」

中からガタンという音と、足音が聞こえてくる。

「お兄ちゃん!?」

ジュリエッタの耳に少女の声が届いた。

ルキノの翠色の目が見開かれる。

「アンジェラ！」

どうやら妹の声で間違いないらしい。

それでも護衛の兵士は、ルキノに下がってくださいと頼んだ。

「緑なす大地の祈り――……！」

ジュリエッタは神聖魔法を使い、錠前を壊す。

護衛の兵士が扉をそっと開けると、中から黒髪と翠色の瞳を持つ女の子が出てきた。

「お兄ちゃん！」

「無事か⁉」

「うん！」

ルキノと女の子……アンジェラは抱きしめ合い、無事だったことを喜び合う。

ジュリエッタは二人の顔を見て、涙が出そうになった。

（よかった……！）

全ての始まりは、ルキノとアンジェラの深い愛情からだった。

ようやくルキノは、守りたかった大事なものを取り戻せたのだ。

ジュリエッタは目元を拭ったあと、ルキノに声をかける。

「ルキノ、急ぎましょう。アンジェラさんを迎えにくる兵士がいるかもしれません。その数が多かったら、騒ぎになってしまいます」

家族との再会をゆっくり実感してほしかったけれど、ここは敵国だ。

ジュリエッタの言葉にはっとしたルキノは、気持ちをすぐに切り替えた。

「アンジェラ、この服に急いで着替えろ。王宮のメイドのふりをするんだ！」

「わかった！」

ルキノはアンジェラにメイド服を入れた袋を渡す。

アンジェラは事情説明をしてほしかっただろうけれど、兄が助けにきてくれたことと、そしてまだ安心できない状況だということはわかっているようだ。なにも言わずに小部屋へ戻り、すぐに着替えてくれた。

「あとは走りながらどうにかするから！」

アンジェラはあちこちが乱れたまま出てくる。

ジュリエッタは驚きながらも、腰のリボンを慌てて結んであげた。

「走れるか⁉」

「もちろんよ！　身体がなまらないように毎日暴れていたわ！」

頼もしいことを言ってくれるアンジェラを連れ、ジュリエッタたちは階段を急いで下りていく。

「脈動の奇跡（トリアイナ・ララ・リーリエラ）！」

階段を下り切ったところで、ジュリエッタは大地を揺らす神聖魔法をまた唱えた。

今度は軽い揺れだ。けれども、揺れている間は、皆は避難したままでいてくれるだろう。

「お前たち！　こっちだ！　早く！」

王宮の出入り口にいた見張りの兵士は、二人のメイドと三人の使用人が走ってくる姿を見ても、なにも思わなかったようだ。見張りの兵士にとっては知らない顔ばかりのはずだけれど、地震が起きたのだから、普段（ふだん）出入りしていない者がここから逃げようとしてもおかしくないと判断してしまったのだろう。

「みんな広場の方に集まっているから！」

「はい！」

しかし、ジュリエッタたちは広場の方に向かわず、街の外れに向かう。

そこには、二人の護衛の兵士と魔導師が馬と共に待っていた。

ジュリエッタたちは、王都を素早（すばや）く脱出したあと、馬で街道をひたすら駆け抜ける。風の神聖魔法をかけた馬はぐんぐん進んでいった。

陽（ひ）が落ちてから、この辺りで休憩（きゅうけい）しようと馬を止める。すると、アンジェラは力が抜けてしまったようで、地面に座り込んでしまった。

「よく頑張った」

ルキノはアンジェラを抱きしめ、立ち上がるのを手伝う。

近くの切り株の上にアンジェラを座らせ、ルキノはもう大丈夫だとアンジェラの頭を撫でた。

「ここまできたらすぐに捕まるってことはないよ」

「そうなの……？」

「多分だけれどな。馬に乗るのは初めてだったのに、ずっと我慢してくれて偉い。俺の妹はやっぱり凄いな」

ルキノがアンジェラを褒めると、アンジェラは先程までの乗馬の辛さを思い出したのか、腰をさすった。

「楽な乗り方を覚えるまで本当に大変だったんだから……！」

あちこちが痛い、とアンジェラはため息をつく。

ルキノはわかるよと頷いた。

「初めて乗ったのに楽な姿勢を見つけるなんてこと、普通はできないって。ちなみにお兄ちゃんはしっかり練習してきました」

「え～！　私も練習する時間がほしかった！　でも、最後の方はちょっと楽しかったかな。

次は一人で乗ってみたい！」

　元気が出てきたのか、アンジェラの声が明るくなる。

　その頃合いを見計らって、ルキノはジュリエッタを手招きしてくれた。

「アンジェラ、紹介するよ。俺の相棒の〝知識の聖女のジュリエッタ〟」

　ジュリエッタはアンジェラに微笑み、改めて自己紹介をする。

「知識の聖女ジュリエッタです。四百年前の誓約に従い、皇王ルキノを助けることになりました。よろしくお願いします」

　ようやく落ち着いてアンジェラの顔を見ることができたジュリエッタは、アンジェラがルキノとよく似ていることに気づいた。

　まっすぐで艶やかな黒髪に、強い意志を秘めた翠色の瞳。美しく整った顔立ち。見つめられると、どきどきしてしまう。

（これは……、人の目に気をつけないといけないわ）

　黒髪翠目の美人兄妹がいたら、流石に記憶に残る。

　明日からは顔をできるだけ見られないように隠してもらおうかな？　というようなことをジュリエッタが考えていたら、アンジェラが目を円くしていた。

「聖女さま……ですか……？」

「はい、そうです」

「……え？」

アンジェラは助けを求めるようにルキノを見る。

「本当に……？」

ルキノには、アンジェラの気持ちがよくわかった。

平民には聖女と接する機会なんてない。どんな人なのかを知らないし、いざ目の前にきたときにどうしたらいいのかもわからない。

「本当だよ。俺がイゼルタ皇国を助けてくれってフィオレ聖都市まで頼みに行ったんだ」

「えぇ～～～～っ!?」

アンジェラは悲鳴を上げたあと、はっとして慌てて自分の口を手で塞ぐ。

それから周りを見たけれど、助けはないとわかったのか、急いで切り株から立ち上がった。

「ご挨拶が遅れてすみません！　アンジェラ・カルヴィです！　助けてくださってありがとうございました！」

アンジェラはジュリエッタに挨拶をしたあと、ルキノの腕を摑む。

「お兄ちゃん、どういうことなの!?」

「いや、だからお前を助けに……」

「イゼルタ皇国はどうなってるの!?　私、いきなり兵士の人に囲まれて、田舎の家に閉じ込められて、ある日またいきなりお城に連れて行かれて、小部屋に閉じ込められたんだけれど⁉　お兄ちゃん、ついになにかしたの⁉」

　アンジェラは、イゼルタ皇国でなにが起きていたのかを知らなかったようだ。

　ルキノに説明を任せたら、細かい部分を省略しすぎて余計に混乱させそうなので、ジュリエッタはこほんと咳払いをし、代わりに説明をする。

「アンジェラさん、安心してください。メルシュタット帝国との戦争は終わりました」

「本当ですか⁉　……あ、負けたんですよね？」

　これからどうなるのかと不安そうな顔をするアンジェラに、ジュリエッタは微笑む。

「いいえ、勝ちました。新たな皇王になったルキノは、メルシュタット帝国軍を撤退させ、講和条約を結んだのです。それで、改めてお披露目用の戴冠式をしようということになったのですが、今度はレヴェニカ国に宣戦布告されて、新たな戦争が始まりました」

　ジュリエッタの説明に、アンジェラは驚き続ける。

「皇国が負けなかった⁉　今度はレヴェニカ国と戦争⁉　……ってことは、お兄ちゃんはまだ皇王⁉」

　ルキノはアンジェラの肩に腕を置き、そうそうと頷く。

「今更辞めます～ってのも、逆に迷惑になるみたいだったから、しばらくは俺が皇王」

「……嘘でしょ⁉　お兄ちゃんが皇王なんて絶対に無理！」

混乱しているアンジェラに、ジュリエッタは優しく語りかけた。

「ルキノはとても立派な皇王です。ルキノのおかげで、皇国と民は救われました。アンジェラさんがレヴェニカ国に捕まってしまったのは、皇王の妹姫だからです。人質にされてしまったんです」

「皇王の、妹姫……？」

アンジェラは自分を指さし、それからルキノを見る。

「私が姫⁉」

「うんうん、驚くよな。俺も初めて言われたときに驚いた」

アンジェラはもう一度「えぇぇ～～～⁉」と叫んだ。


アンジェラは焚き火を見ながら膝を抱えた。

驚きの展開が続いてしまってついていけないという気持ちもあるし、なによりもとても疲れていたのだ。

「ほら、疲れが取れるぞ」

ルキノは、アンジェラに蜂蜜入りの温めたヴィーノを渡す。

アンジェラはそれを受け取り、ふうふうと息を吹きかけた。

「……お兄ちゃん。皇王は上手くやれているの？」

アンジェラは、ジュリエッタから事情説明を聞いたあと、ぞっとした。

自分がとても危険な状況だったということをあとから知って、ここでようやく恐ろしくなることができたのだ。

けれども、兄がついているから大丈夫という気持ちもある。ルキノは頼りないようでいて、大事なところではいつも頼れる強い人だった。

今だって、兄がいればイゼルタ皇国までなんとか戻れると思えるし、それを前提にした話もできる。

「上手くやれていないと思うよ。賢い人たちに頼りっぱなし。ジュリエッタとか、ラファエルとか」

「ラファエル？」

「元第二王子。今は宰相をやってくれている」

「……呼び捨てにしていいの⁉」

「皇王は俺だから、そうしろってジュリエッタが」

ルキノは、明日の打ち合わせをしているジュリエッタたちをちらりと見る。

アンジェラはなるほどと納得した。

「お兄ちゃん、本当に皇王なんだね……」

信じられないとアンジェラは呟く。

ジュリエッタの説明とルキノの話によって、一時的に皇位を預かるのではなく、本当に皇王を続けていくということがわかった。

更には自分が妹姫だ。それってどこのお伽話よと言いたくなる。

「おまけに、なんかいきなり聖女さまと結婚するって言うし……」

「ジュリエッタがお姉さんになるのは嫌？」

「嫌なわけないじゃない！　私は申し訳ないの！　聖女さまが誓約のせいでお兄ちゃんと結婚しないといけないなんて……！　結婚式はまだなんでしょう？　絶対、全てのことを聖女さまに任せてね！　私も手伝うから！」

ルキノの想像通り、アンジェラはすぐジュリエッタの味方についた。

まだ『聖女さま』という意識だけれど、皇城で一緒に暮らすようになればすぐ『ジュリエッタ』になるだろう。

「お兄ちゃんは聖女さまと仲よくできてる？」

「それはできてる」

「しっかり守らないと駄目だよ」

「守られているのは俺なんだよなぁ。ジュリエッタ、強いから」

「そうだった……。聖女さま、神聖魔法を使える人だもんね……！」

アンジェラはジュリエッタをちらりと見たあと、はぁとため息をついた。

美しい金色の髪、宝石のようなサファイアブルーの瞳。可憐な容姿だけではなく、賢く気高い人で、会ったこともない義妹を命がけで助けにきてくれるし、優しく声をかけてくれる。

義理の姉の存在を嬉しく思う気持ちはあるけれど、それよりも「本当にこれでいいの⁉」という気持ちが勝ってしまった。

「お兄ちゃん、絶対すぐに離婚されちゃうよ……！　取り柄が顔のよさと優しいところだけだもん……！　それだけの人なら結構いるから！」

「え、そういう傷つくことを言うのはやめて」

妹の遠慮のない言葉に、ルキノは胸を押さえる。

「頑張って繫ぎ止めてよ。あんなに素敵な方、他にいないから」

「ん～……まぁ、できる限りのことはするよ」

ルキノはジュリエッタと結婚をしないといけない。そういう誓約だからだ。

けれども、一度結婚してしまえば、ジュリエッタはルキノと離婚してもいい。

（ジュリエッタは、いつ離婚をするつもりなんだろう。……離婚したあと、どうするつもりなのかな？）

ルキノはジュリエッタの相棒だけれど、離婚の話をきちんとしたことはまだなかった。

ジュリエッタは中途半端なことをしない人なので、皇国にとって一番いいタイミングで結婚式を挙げるつもりだろうし、一番いいタイミングで離婚するつもりだろう。

（別れの日は、すぐというわけではないだろうけれど……）

ルキノは、できればジュリエッタとずっと一緒にいたい。しかし、ジュリエッタにはジュリエッタの人生がある。

相棒である自分は、どれだけ寂しくても、ジュリエッタが選んだ道を応援すべきなのだ。

翌日、馬で移動して国境近くまで行ってみる。

戦争中ということもあり、やはり国境の関所は封鎖されていた。

地元の猟師に頼めば国境を越えられる獣道まで案内してもらえるかもしれないけれど、逆に小金稼ぎをしようとしてジュリエッタたちを兵士に売るという危険性もある。

「明日、天気の様子を見てから、行きと同じ道を使ってこっそり山越えをしましょう」

「そうですね」

護衛の兵士の提案に、ジュリエッタは同意した。

山の天気は変わりやすい。大雨なら誰にも見られずに国境越えできるだろうけれど、それだと足場が悪すぎて、大きな事故が起きる可能性も高くなる。

（無事に国境を越えられますように……！）

アンジェラを奪還して急いでここまできたけれど、アンジェラが逃げたことにレヴェニカ国王たちはもう気づいているはずだし、捜索も始めているはずだ。

アンジェラの行き先は勿論イゼルタ皇国である。イゼルタ皇国との国境付近はかなり厳しい警備になっているだろう。

そして、翌日――……。

ジュリエッタたちは木陰でひと休憩というふりをしながら、最後の作戦会議を始めた。

「天気は大丈夫そうです。ですが、見回りに行ってわかったことがあります。あの村からこの辺りを見張っている者がいました。山の中腹で動いているものが見えたら、すぐに応援を呼んで駆けつけてくると思います」

護衛の兵士が「あの家の二階です」と皆に教えてくれた。

「……小さい家ですね」

「はい。見張りはおそらく三人での交代制、多くても四、五人でしょう。それ以上、ここに人を配置する意味はありませんから」

見張りの目を誤魔化すことは簡単だ。

誰かがあの家に行き、二階で見張っている兵士の気を引きつければいい。

ただ、その場合、その誰かが別の道を使うことになる。

「わかりました。私とルキノ、護衛の兵士二人で見張りの目をどうにかしましょう。アンジェラさんは先に皇国へ戻ってください」

「えっ⁉」

ジュリエッタの決定に、アンジェラは驚いてしまう。

「お兄ちゃんと聖女さまも先に戻った方がいいと思うんですけれど……！」

「レヴェニカ国はアンジェラさんを狙っています。そのアンジェラさんと似ているルキノは、アンジェラさんの傍にいたら危険です。山越えのときだけは離れた方がいいでしょう。ルキノと私はこのまま歩いていても呼び止められることはないので、先にアンジェラさんが行ってください」

ジュリエッタは心配そうにしているアンジェラに優しく微笑む。

「私は神聖魔法が使えます。聖女という地位もあります。護衛の方々と共にこの力でルキノを守り、皇国に必ず帰ります。安心してください」

ここにいるのは、ジュリエッタ、ルキノ、アンジェラ、魔導師と護衛の兵士四人。

行きの山越えのときに道を切り開いておいたので、魔導師一人と兵士二人がアンジェラについていれば、帰りの山越えもどうにかなるだろう。

「なら、せめて聖女さまだけでも……」

「私は残ります。ルキノの万が一の言い訳作りに、どうしても私が必要なんです」

ジュリエッタは、道中の教会でこっそり祈りを捧げ、そこを聖地ということにし、ルキノは聖地巡礼をしているだけという言い訳作りを続けている。

どこまで皇王の誓約に違反しないのかはやってみないとわからないので、できる限りのことをしておいた方がいいだろう。

「ここから見張りがいるかどうかはわかりますか？」

護衛の兵士たちはジュリエッタの質問に答えるため、ちらりと遠くを見る。

「いいえ、流石に遠すぎて……」

「では、合図が必要ですね」

ジュリエッタがなにかありますか？　と尋ねれば、護衛の兵士たちは合図をどうやって出すかを相談し始める。

「見張りの目をどうやって私たちに向けさせるかは……そうですね……。二人旅をしている私の具合が急に悪くなったということにしましょう」

ジュリエッタは自分たちと一緒に残ってくれる護衛の兵士に声をかけ、見張りを引きつける役を手伝ってもらうことにする。

「あの家を訪ねて助けを求めたあと、混乱しているふりをして、なんとかして二階に上がって騒いでください。ルキノは村に入らず、離れたところで私たちの様子を見て、アンジエラさんたちに合図を送ってくださいね」

「わかった。でも、それなら俺とジュリエッタで見張りを引きつけた方がよくない？　鍛えていない男が助けてって言ったら、見張りの誰かがジュリエッタを運んでくれると思うよ」

護衛の兵士たちは鍛えているだけあって、小柄なジュリエッタを抱えて運べる力がある。しかし、ルキノはひょろりとしているので、女の子を抱き上げられませんと言ったら、そうかと納得してもらえるだろう。

「その通りですね。では、ルキノと私で見張りを引きつけましょう」

ルキノは、ジュリエッタと自分の服を改めて見てみる。

避難してきた人という服装に戻したので、一緒に旅をしていても不思議ではないはずだ。

「ジュリエッタと俺の二人旅か……。似ていないから、兄妹設定にすると逆に不自然かもしれないな」

「フィオレ教の助祭と見習い……も駄目ですね。フィオレ教の関係者に紹介されてしまったら、私が聖女であることに気づかれてしまうかもしれません」

近所に住んでいた幼なじみ、同じ施設育ち……というような設定にしようかなとジュリエッタが考えていれば、ルキノはジュリエッタの姿を見て、うんと頷いた。

「ジュリエッタはいいところのお嬢さんに見えるし、町娘と言い張るのもちょっと無理がある。だから……こういうのはどう？」

ジュリエッタはルキノの提案に驚いた。そして、不安になる。

（これは……私にもルキノにも演技力が必要だわ……！）

ルキノはそんなジュリエッタに、いつも通りの笑顔（えがお）で「俺に任せて」と言った。

レヴェニカ国の兵士は、国境警備のために国境沿いの村の家を借りていた。

最初は、イゼルタ皇国軍が攻めてきたらすぐに本隊へ伝えに行く、もしくは不審（ふしん）な動きをする人物を見つけたら捕まえるという任務だったのだけれど、昨日の夜ぐらいに別の任務に切り替わる。

――保護していたアンジェラ姫が行方不明になった。絶対に捜し出せ。

彼女はイゼルタ皇国の皇族で、長い黒髪と翠色の目の美人だという話だった。

「異状なしだ」

最初は二人組で見張りをしていたけれど、アンジェラ捜しのための人員が追加され、今は四人での任務になっている。

アンジェラらしき少女がいたら、すぐこの家を飛び出せるようにしていたのだけれど……。

「すみません！　誰か！　誰かいませんか！」

早朝、家の扉が叩かれた。焦っている男の声が家の中に響く。

「どうした？」

一階で待機していた二人の兵士のうちの一人が、警戒しつつ扉越しに用件を聞いた。

すると、外にいる男がとんでもないことを言い出す。

「妻が倒れたんです！　助けてください！」

兵士が扉を少しだけ開けると、ぐったりと地面に横たわっている細身の女性ことジュリエッタと、やけに顔のいい男であるルキノが見えた。

兵士は、家の中で待機している仲間に「急病人だ！」と告げたあと、家の外に出てジュリエッタに声をかける。

「大丈夫ですか⁉」

息が荒い。腹を抱えている。怪我はなさそうだ。

「とりあえず中に……」

ひょろっとした男一人では大変だろうと、兵士はジュリエッタを抱えて家の中に運ぶ。

「持病は？　薬は？」

兵士が顔色や脈を診ながら尋ねると、ルキノはおろおろしながら答えた。

「妻は妊娠しているんです……！」

その言葉に、一階にいた二人の兵士がぎょっとする。

「妊娠⁉　それはまずい……！　医者を呼んでこよう！」

「この村に医者なんているのか……⁉　おい！　ちょっと二人で探してくる！」

二人の兵士は、二階に声をかけてから家を出ていく。

これは大変だぞと二階から兵士がもう一人下りてきて、ジュリエッタの様子を見てくれた。

ジュリエッタは腹を抱えたまま、息荒く苦しそうにしている。ルキノは妻の手を握り、励ましました。

「すみません、汲みたての水を……！」

申し訳なさそうな顔をしているルキノに頼まれた兵士は、村の共用の井戸に向かってくれる。

ルキノは今だと階段を駆け上がった。

「妻をベッドに寝かせたいので手伝ってもらえませんか⁉」

「えっ⁉」

二階で見張りをしていた兵士は、勿論一階での騒ぎを聞いていた。それは他の奴に……と言いかけたけれど、みんな出て行ってしまったことにすぐ気づき、わかったと頷く。慌てていたので、少しなら目を離しても大丈夫だという甘い判断をしてしまった。

「使ってもいい寝室はありますか⁉」

「とりあえず隣の部屋に……！」

このあとジュリエッタは、時間稼ぎをするために二階から降りてきた兵士の手を握り、背中をさすってほしいと頼むだろう。

(合図……！)

ルキノは窓から顔を見えるようにして、困ったように頭をかいた。これは村の外でこっそりこちらを見ている護衛の兵士たちへの合図だ。

彼らはこのあと、アンジェラたちに「今なら大丈夫」という合図を送るはずである。

「旦那さん！　奥さんが！」

「すぐ行きます！」

ルキノは隣の部屋の窓を急いで開け、換気のために残ったというふりをしつつ、一階に戻った。

ジュリエッタは兵士の腕を摑んでいる。兵士は困ったようにジュリエッタの背中をさすっていた。

「大丈夫なのか……？　今、何カ月だ？」

「三カ月ぐらいだと医者に言われました。今が一番危ないときだと……」

「大変だな……！　奥さん、しっかり！」

水を汲みに行った者が戻ってきて、万が一に備えて湯を沸かした方がいいんじゃないかとか、なにか薬はないのかとか、あれこれルキノに尋ねてくる。

ルキノは頼りない夫の演技をしつつ、アンジェラたちが山登りをするための時間をできるだけ稼ごうとした。

（魔法があるからそう苦労はしないと思うけれど……。アンジェラ、頑張れ……！）

ルキノがおろおろしているふりをしていたら、村を駆け回ってくれた兵士二人も戻ってきて、医者も薬師もいないと申し訳なさそうに教えてくれた。

「出産経験のある女性が、今はとにかく静かに寝かせた方がいいと言っていた。二階に運ぼう」

「旦那さん、ちょっとどいてくれよ」

ひょろりとしているルキノは戦力外にされ、兵士たちは二人がかりで「せーの！」とジュリエッタを持ち上げ、慎重に運んでいく。

寝室のベッドにジュリエッタを寝かしたあと、兵士はルキノの前で地図を広げた。

「馬車で半日のところに大きな街がある。そこなら医者がいるはずだ。万が一のときは呼びに行った方がいい」

「ありがとうございます……！」

ルキノが礼を言うと、四人いた兵士の一人が部屋から出ていった。ジュリエッタに腕を摑まれていた男だ。おそらく、見張りに戻ったのだろう。

（間に合っていてくれよ……！）

ルキノはアンジェラの無事を祈りながら、ジュリエッタの手を握る。

「あんたら、どこに行くつもりだ？」

「俺たちはイゼルタ皇国から避難してきたんです。メルシュタット帝国と講和条約が結ばれたと聞いて、国に戻るつもりだったのですが、また戦争が始まると聞いてどうしようかと……」

「あ～、大変だったな、それは」

レヴェニカ国は、イゼルタ皇国から逃げてきた皇族を受け入れた。けれども、イゼルタ皇国の避難民を積極的に受け入れたいわけではなかった。避難民は住むところにも食べるものにも困っているので、治安がどうしても悪くなるのだ。

その後、イゼルタ皇国はなんとか持ち堪えたので、レヴェニカ国の人々はよかったと思っていたのだけれど、レヴェニカ国王がなぜかイゼルタ皇国に攻め込むと言い出した。

――避難民はどうするんだ？　捕虜にするのか？　この数を？

――いや、これは偽の皇王の討伐が目的だ。避難民は避難民という扱いなのでは？

――これってつまり、イゼルタ皇国内のお家騒動だろ？　レヴェニカ国を巻き込むなよ。

レヴェニカ国の民もイゼルタ皇国の避難民も、レヴェニカ国王の判断に困惑している最

中だ。兵士たちは、どうしたらいいのかわからない避難民のふりをしたルキノに同情してくれた。

「旦那さん、もうちょっとの辛抱だ。多分、イゼルタ皇国との戦争はもう終わる」

「本当ですか⁉」

「メルシュタットやモンクレアが攻めてきたからな。イゼルタ皇国に攻め込んでいる場合じゃない。人捜しがなければ、俺たちだってこんなところには……」

そのとき、ルキノの手を摑むジュリエッタの手に力がこもった。

兵士たちがなにか重要な発言をしたのだろうけれど、ルキノにはちっともわからない。

「そうだ。あんたたち、イゼルタ皇国のアンジェラ姫の顔を知っているか？」

ルキノはどきっとしてしまったけれど、へらりと笑う。

「見たことがありません」

「まぁ、そうだよな。避難しにきているお姫さまの一人が家出したらしく、みんなで捜しているんだが、特徴が『真っ直ぐな黒髪に翠色の目、美人』なんだ。でも、皇族の姫は大体『美人』になるからなぁ……」

こんなの信用できねぇよ、と兵士はぼやく。

ルキノは心の中で、アンジェラは本当に美人なんだけれどねぇ……と苦笑してしまった。

お昼すぎ、ジュリエッタは具合がよくなったというふりをすることにした。

見張りの兵士たちは、一日ゆっくり休んで、大丈夫そうなら村の人に馬車を出してもらって、早めに大きな街に行って医者に診てもらった方がいい……というようなことを言ってくれる。

ジュリエッタは、親切な人に嘘をついてしまったことを心の中で謝罪しながら、ルキノと二人きりになったあとに、ルキノの手を握ってぐっと顔を近づけた。

「できるだけ小声でお願いします」

ジュリエッタの囁き声に、ルキノはうんと無言で頷く。

「状況が変わりました。護衛の兵士の方々と合流して急いで皇国に戻りましょう」

「……戦争がもう終わるみたいだし、どこかでそれを待つ方がよくない？　無理に国境越えをするよりは安全な気がするけれど」

「いいえ、このまま戦争が終わったら駄目なんです」

もしかすると、数日中に戦争が終わってしまうかもしれない。それは本来とてもいいことだ。

しかし、これからの皇国の立ち位置を考えると、なにもしないまま戦争が終わりましたでは困ったことになるだろう。

「バレローナ国のためにも、『皇国の軍がレヴェニカ国内に入ってレヴェニカ国王に圧力をかけ、戦況を有利にした』という事実が必要なんです。戦う必要はありません。放棄された砦の一つを奪うだけで充分です」

戦争の犠牲者はできる限り出したくない。

しかし……。

戦わずに勝てるのなら、そうしたい。

「このままでは戦争終結後の話し合いのときに、イゼルタ皇国はなにもしなかったと言われてしまいます。バレローナ国はイゼルタ皇国の援助をするという形で参戦しているので、イゼルタ皇国が動かなかったら、バレローナ国は賠償金を得られなくなるかもしれません」

「なるほど。なにもしなかったやつにあれこれ言う権利はないってのは、国同士でも同じなのか」

下町の祭りでもそういうのあるよねぇ、とルキノは納得する。

「グリッジ将軍たちはこちらの状況をよくわかっていないので、待機し続けるしかないんです。皇王が戻らない限り、皇国は動けません」

「大丈夫だからもう攻め込んでほしい……ぐらいのことは、どうにかして伝えないと駄目なのか」

「はい。軍を率いたグリッジ将軍は国境近くにいて、いつでも攻め込めるようにしていると思いますが……」

危険を承知で夜に山越(やまご)えをするか。

それとも安全策を取って、レヴェニカ国と戦争をしていない国に一度出て、そこから皇国に向かうか。

別の国を経由する場合は、馬と風の神聖魔法を使っても、それなりに日数がかかる。

「順調にいけば、アンジェラはもうオルランドに保護されているよね？」

「はい」

「オルランドも進軍しないとまずいってことはわかっていて、そこに俺の妹がいるとなると……」

ルキノは腕組(うでぐ)みをする。窓から外を見て、青空であることを確認した。

（アンジェラなら、『聖女さまとお兄ちゃんを迎えに行って！』と言いそうな……）

ルキノは、国同士の駆け引きの方法というものを知らない。もちろん、アンジェラもだ。

だからアンジェラは、単純に聖女と兄を心配している気持ちをオルランドに伝えるだろうし、どこにいるかも教えるだろうし、なにもわかっていないからこその決断ができてしまう。

「妹姫ってどのぐらい偉い？　オルランドよりも？」

「今のところは、ルキノの次に偉い人ですね」

「そっか。なら待っていればいい気がする」

ルキノが呑気にそんなことを言っていたら、見張りの兵士の一人が「大変だ！」と言いながら家の中に入ってきた。

「イゼルタ皇国が攻めてきた！」

「なんだと⁉　急げ！　村の人たちに避難しろと声をかけてこい！」

兵士の一人が顔色を変えながら、ルキノとジュリエッタがいる部屋に飛び込んでくる。

「ここにいると巻き込まれて危険な目に遭うもしれない！　奥さんをおぶって村からできる限り離れるんだ！」

「……！　ありがとうございます！」

ルキノは巻き込まれた気の毒な避難民だというふりを続け、ジュリエッタを支えながら一階に下り、荷物を抱えて村から出る。

そして、村の外で待機していた護衛の兵士たちとこっそり合流した。

村人が続々と村から離れようとする中、見張りをしていた兵士たちは馬に乗り、自分たちの本隊との合流を目指す。

「……皇国が攻めてきてしまいましたね」

妊婦の演技をしなくてもよくなったジュリエッタは、どうしてこんなことに……と驚いた。オルランドは、なにもわからない状況だったらもっと慎重に動く。皇国で大変なことがあったのだろうかと心配になってしまう。

「なにもわかっていないからできることって、あるのかもね」

ルキノはそう言って、ジュリエッタにウィンクをする。

ジュリエッタがどういうことだろうかと首を傾げている間に、馬と馬車がこちらに向かってきた。ドラゴンと林檎が描かれたあの旗は、ルキノの皇旗だ。

「聖女さま！　お兄ちゃん！　迎えにきたよ！」

先頭の馬に兵士とアンジェラが跨がっている。彼女は大きく手を振っていた。

どうしてここにいるのかと驚くジュリエッタとは対照的に、ルキノは笑いながら手を振り返す。

「皇王陛下！　聖女さま！　ご無事ですか⁉」

そして、オルランドも駆けつけてきた。

ジュリエッタはほっとしながら、自分たちの状況を簡単に告げる。

「私とルキノ、兵士のお二人に怪我はありません。……アンジェラさんたちは大丈夫でしたか？」

ジュリエッタが心配そうにアンジェラを見ると、アンジェラはよかったと胸を撫で下ろした。

「私も兵士のお兄さんたちも大丈夫でした」

アンジェラは、急いで皇国に戻りましょう！　とジュリエッタの手を引いてくれる。

オルランドが用意してくれた馬車に乗れば、すぐに出発した。

「どうしてアンジェラさんがここに……」

ジュリエッタの質問に、アンジェラは当然だという顔をする。

「私たちを保護してくれた将軍さんに、お兄ちゃんたちのいる場所はわかるからすぐ迎えに行ってほしいと頼みました。そうしたら、将軍さんが今すぐ行きましょうと言ってくれたんです」

ルキノはアンジェラの説明に、そうなるよなぁと笑う。

「ごめんね、ジュリエッタ。下町育ちだと、人はすぐ助けに行くものだって思っちゃうんだよね。待たせた方が逆に安全かもしれないって思えないんだ」

オルランドは、皇王の妹姫の命令ならば……と決断したのだろう。

ルキノとジュリエッタがどこにいるかはっきりしていて、近くにいるのはレヴェニカ国の見張りの兵士だけであれば、ジュリエッタがルキノを守り切ってくれると信じてくれたのだ。

「帰ったら、俺とアンジェラはラファエルに叱られるだろうけれど、仕方ないな」

「えっ⁉　私、してはいけないことをしたの⁉」

この場合、アンジェラだけが皇王の妹姫としてよく考えてから行動しなさいと叱られるだろうけれど、ルキノはもう一緒に叱られるつもりでいた。

（ルキノがお兄さんに見える……！）

相棒の新しい一面を知ることができたジュリエッタは嬉しくなる。そんな場合ではないとわかっていても、微笑んでしまった。

第三章

皇都に戻ったジュリエッタたちは、念のためにルキノが皇王のままかどうかを確認したあと、これからについての話し合いを始めた。

アンジェラも一応同席した方がいいだろうということで、アンジェラもラファエルの下へ集まった情報を一緒に聞いている。

「既にレヴェニカ国は、メルシュタット帝国とモンクレア国に停戦を求める使者を送っています。レヴェニカ国はマジャーリア国と同盟を結ぶつもりでいたようですが、マジャーリア国はレヴェニカ国を裏切り、中立の立場だという宣言をしました。それから、レヴェニカ国に向かってオスベルラント国も進軍を開始しています」

レヴェニカ国は、頼りにしていたマジャーリア国の助けを得ることができず、孤立してしまった。だからこちらの想定よりも早く、話し合いで戦争を終わらせようとしているのだろう。

(神よ……！　どうかこのまま誰も傷つくことなく戦争が終わりますよう、我らを見守っていてください……！)

ジュリエッタは、ルキノによかったですねと言おうとしたのだけれど、そのルキノはよくわからないという表情になっている。

ジュリエッタは慌てて紙に地図を描き、あの国がここにあって……と説明した。アンジエラもそれをちらちらと見ている。

「皇王陛下……、事前にこの辺りの話はしておきましたよね？」

ラファエルは教えたはずなのにと嘆く。

ジュリエッタはそれをまあまあと宥めた。

「大変なときでしたから、勉強に身が入らなくても仕方ありません。今から急いで覚え直してもらいましょう。……グリッジ将軍からの連絡はありましたか？」

「グリッジ将軍からの早馬は先ほど到着しました。クルヴィカ砦を攻略したそうです。クルヴィカ砦には見張りの兵士数名が残っているだけだったということでした。おそらく、その先のザグレトン城に兵を集めたと思われます」

要塞となっている城を落とすことになれば、かなりの時間がかかる。

おそらく、攻略している間に戦争が終わるだろう。

「ザグレトン城から兵士が出てこないよう、取り囲んでもらいましょう。レヴェニカ国に残っている避難民たちは、どうしたらいいのかをわかっていません。レヴェニカ国の兵士が動けない今のうちに街道沿いの街を押さえ、避難民の保護と誘導を優先するように頼んでください」

「わかりました」

ジュリエッタはラファエルと今後の方針を決めた。すると、アンジェラとルキノの囁き声が聞こえてくる。

「……ねぇ、お兄ちゃん。意味わかる？」

「あんまり。でもちょっとだけならわかるよ」

ラファエルが下町育ちの兄妹の会話を聞いて、頭が痛い……と呻いた。

「アンジェラ姫、貴女にはこの皇城で暮らすための知識と教養を身につけてもらいます。侍女と教育係をつけますので、彼女たちの教えをよく聞いてください」

ラファエルはアンジェラにこれからすべきことを教えたのだけれど、アンジェラはなぜか困った顔をする。

「あの……、私、自分の家に戻ろうと思っています」

アンジェラは、皇王の妹姫として大事にされたいわけではなかった。

下町には自分の家があるし、戦争が終わって人が戻ってきたのなら、なにかの職にもつけるだろう。兄のことは聖女さまにお任せした方がよさそうだし……とルキノをちらりと見る。

ラファエルはそんなアンジェラの申し出に、それでは困りますとため息をついた。

「アンジェラ姫は皇王陛下の唯一の家族であり、現時点では唯一の皇族でもあります。そのような待遇を許しているとなれば、皇王陛下の評判が下がります」

「えっ、私が家に戻るとお兄ちゃんの評判が悪くなるの⁉　あ、じゃあ、皇城で働きます！　お針子をしていたので、裁縫は得意です！　あと、食事を作る手伝いとか、掃除とかも、精一杯頑張りますから！」

任せてくださいとアンジェラは意気込んだけれど、ラファエルは驚きすぎて口を大きく開けてしまった。

「……話が通じない」

なんてことだ、とラファエルの肩が落ちる。

「ラファエル、わかりやすい言葉で説明してやってくれよ。それはもう、俺たちのことを十歳にもならない子どもと思って」

ラファエルは、ルキノの頼み通りに説明の仕方を変えた。

「アンジェラ姫には、この皇城で、お姫さまとして過ごしてもらいます。ドレスを着て、式典に出席したり、食事会に参加したり、舞踏会に出て貴婦人たちとお喋りをするんです。そのためにも、色々な勉強をしてもらわなければいけません」

ラファエルが子どもへ言い聞かせるように話せば、アンジェラはやっと理解してくれる。

「お姫さま……。……えぇ⁉　私が⁉　無理ですよ！」

「無理だということはわかっています。それでも、皇王陛下と聖女さまのために、できる範囲での努力をお願いしたいんです」

「……なんだか、足を引っ張るだけのような気がするんですけれど」

アンジェラにとっては、兄は大事な家族だけれど、互いに自立している者同士でもあった。助け合うことはしても、違う人生を歩んでいるという感覚である。

ルキノが皇王のままでいることを選んだとしても、アンジェラにはアンジェラの人生があって、迷惑をかけないのなら好きにしてもいいと思っていたのだ。

「ラファエル、アンジェラさんにそこまでの無理はさせられません。どなたかの養女になってもらい、アンジェラさんが自由に生きていけるように……」

ジュリエッタがアンジェラの戸惑いを察し、そっと助け船を出す。

「聖女さま……。皇王陛下以外の皇族はアンジェラ姫のみです。貴族社会で皇王陛下をお助けする方を増やさなければ、政が不安定になり、民が困ってしまいます。そのような甘い判断は……」

ルキノはラファエルの言葉に、どうかその口を閉じてくれないかなと思ってしまった。

アンジェラはジュリエッタと同じく、いい子だ。「民が困ってしまいます」と言われたら、すぐに「それは大変です！　助けないと！」となってしまう。

「私、お姫さまをやります！」

ルキノは、ほーらね、と言いそうになる。

「そうですよね……。みんな戦争のせいで自分のしたいことを我慢して頑張っているのに、私だけ下町で呑気に暮らしたいなんて言えません」

アンジェラは意思をはっきり固めてしまったようだ。

ルキノは、これはもう説得しても無駄だと察した。

「ラファエルさん！　私にできることがあったらなんでも言ってください！」

「……とりあえず、言葉遣いから直していきましょう。私のことは『スカーリア宰相』、もしくは『ラファエル』とお呼びください」

ラファエルがアンジェラに自分の呼び方を教えると、アンジェラは戸惑った。

「なんだか呼びにくーい……」

「わかる」

ルキノが妹の気持ちに寄り添い、そのうち慣れるからさと自分の経験を教えた。

レヴェニカ国との戦争は相手の出方次第という状況になっている。

久しぶりに夜をゆっくり過ごせることになったジュリエッタは、アンジェラの部屋を訪ねてみた。

「失礼します。聖女ジュリエッタです」

扉をノックして名前を告げれば、中から声が聞こえてくる。

「えっ⁉　あ、はーい！　今すぐ開けます！」

「姫さま！　返事は私がします！　それに私が出ますから！」

侍女の慌てている声のあと、扉が静かに開いた。

「聖女さま、こちらへどうぞ」

「ありがとうございます」

侍女がアンジェラの部屋に案内してくれ、お茶の用意をしますと言って出ていく。

ジュリエッタは、アンジェラに座りましょうと促した。

「アンジェラさん、なにか困ったことはありませんか？」

「皇城内の案内をしてもらったので、今のところは大丈夫です！　ただ、明日は元の家に服を取りに行かないと……。向こうで荷物を取り上げられちゃったし……。元々そんなに持っていかなかったからいいんですけれど」

「服は元皇族の女性が置いていったドレスを自由に使ってください。カーラが私に合わせて仕立て直しを頼んでいましたから、大きさも問題ないと思います」

「えっ、明日もドレスを着るんですか⁉」

アンジェラはお姫さまって大変なんだな……と改めて思ってしまった。今着ているものもドレスかと思ったのだけれど、これはドレスではなく寝間着だと侍女が教えてくれた。

絹地で寝るって凄くない⁉　と誰かに同意を求めたい気分だ。

「あの……実は私、アンジェラさんに謝らなければならないことがあるんです」

「私にですか？」

そんなことあっただろうかと、アンジェラは首を傾げる。

ジュリエッタは意を決し、少し前の出来事を語った。

「実は、ルキノと一緒にアンジェラさんのお家に行ったことがあるんです。そのときに、私が聖女の服を着たままだと自由に歩けないということで……アンジェラさんの薄桃色のワンピースを勝手に借りてしまいました」

「……もしかして、レースをつけるかどうか迷っていたあれですか⁉」

「はい。本当にすみません！」

ジュリエッタが頭を下げると、アンジェラが頬を手のひらで押さえる。

「あんな古い服を着たんですか⁉　うそ、やだ、恥ずかしい……！　絶対にお兄ちゃんが貸したんですよね⁉　もう信じられない！　あっ、謝らなくていいです！　逆に聖女さまへそんな服を着せてしまってすみません……！」

も～！　とアンジェラがここにいないルキノへ文句を言い出す。

「素敵なワンピースでした。色のついた服を着るのは初めてで……本当に嬉しかったです。貸してくださってありがとうございました」

ジュリエッタは、勝手に借りたことへの謝罪だけではなく、感謝の気持ちも伝える。

すると、アンジェラは目を円くしていた。

「聖女さまって、白い服以外を着てはいけないんですか?」

「はい。清貧な暮らしを求められていますから。色のついている布は染料の分だけ高くなるんです。それに、施設で暮らしていたときも贅沢ができなかったので、あのころも白い服ばかりを着ていました」

「……すごいです!」

アンジェラは、聖女はフィオレ教の一番偉い人という認識しか持っていなかったけれど、本当に清く生きている人だったことに感動する。

「あの! 私、戦争前は仕立て屋でお針子をしていて……!」

アンジェラは立ち上がって、紙とペンを持ってきた。

そこにぱっとペン先を滑らせて、ドレスのデザインを描いていく。

「お揃いのドレスを仕立てませんか!? 色違いの!」

「え……?」

「何色がいいですか? リボンとかレースとか、好みがあれば言ってください!」

アンジェラは、自分と聖女さまに似合うデザインにするなら……とイメージを膨らませ、袖やスカートのデザインをいくつか描き、ジュリエッタの好みを探っていった。

「私、お姉ちゃんか妹がいたら、お揃いの服が着たかったんです！」

アンジェラが嬉しいと目を輝かせれば、ジュリエッタは今更すぎることに気づく。

「……そうでした！　私、アンジェラさんの義理のお姉さんになるんでした！」

ルキノと結婚したら、ルキノの妹はジュリエッタの妹である。

施設育ちのジュリエッタは、自分に妹という家族ができることを今やっと自覚し、胸を高鳴らせた。

「あの、私も兄妹がほしかったんです！」

自分に家族ができる。

可愛い妹と色違いのお揃いのドレスを着る。

そんな夢みたいなことがあってもいいのだろうかと、ジュリエッタは頬を染めて喜ぶ。

「本当ですか!?　じゃあ、ええっと、……ジュリエッタお義姉ちゃん……じゃなくて、ジュリエッタお義姉さまって呼んでもいいですか……？」

アンジェラはおそるおそる家族のような呼び方をしてもいいかと聞いてきた。

「勿論です！」

ジュリエッタは身を乗り出し、笑顔で頷く。

「やった！」

アンジェラはぴょんぴょんと飛び跳ねる。

ジュリエッタは、どきどきしている胸をそっと押さえた。

（私に妹ができました！　お義姉さまと呼んでもらえるなんて……！）

ルキノの妹はどんな人だろうかと思っていたけれど、本当にルキノの妹だった。ジュリエッタに笑顔を向けてくれるし、仲良くなろうと言ってくれる。

きっとこれから、もっと賑やかで楽しい日々になるだろう。

いつまでもこうしていられたらいいな、とジュリエッタは思った。

ジュリエッタが寝室に入れば、こんこんというノックの音が聞こえてきた。

ノックは隣部屋である皇王の寝室から響いてくる。

「はい！」

ジュリエッタは返事をし、扉を開けに行こうとした。しかしその前に、ルキノに制止される。

「バルコニーでの待ち合わせでもいい？」

「……！　わかりました」

ジュリエッタは、ガウンを肩にかけてバルコニーに出た。

既にルキノはバルコニーにいて、穏やかな声で「こんばんは」と挨拶をしてくれる。

「俺やアンジェラが無事に皇城へ戻ってくることができたのは、ジュリエッタのおかげだ。連れて行ってくれてありがとう。守ってくれてありがとう」

お礼を言いたかったんだ、とルキノは翠色の瞳を煌めかせる。

ジュリエッタがルキノに手を伸ばせば、ルキノも手を伸ばしてくれた。繋いだ手がとても温かい。

「私がそうしたくてしたんです。……でも、ルキノの気持ちを受け取っておきますね」

「うん、そうしてほしい」

お礼なんて必要ないと言われるのは、ルキノにとって少し寂しい。

だから、こうしてジュリエッタがこの気持ちを優しく受け止めてくれることが、本当に嬉しかった。

「ジュリエッタ、これからは皇王として真面目に頑張るよ。今回、かなりの無茶を聞いてもらったのは、自分でもわかっているからさ」

「ルキノはいつだって頑張っていますよ」

平民として生きてきたルキノは、皇王になりたかったわけではない。それでも、きちんと皇王の座に向き合ってくれていた。

「……ジュリエッタがいい子だから、俺もいい子になりたくなるんだ」

「ふふ、ありがとうございます。……聖女として教徒の模範になる生き方をすべきだと思っていたので、そんな風に言ってもらえると嬉しいです」

ジュリエッタは微笑(ほほえ)んだあと、自分もルキノにお礼が言いたかったことを思い出した。

「ルキノ、素敵な妹さんに会わせてくれてありがとうございます」

「アンジェラとは上手(うま)くやれそう？」

「はい！　仲良くなれそうです！」

「よかった。かなり元気な妹だけれど、しっかり者でいい子だからさ」

ルキノの表情がまた『兄』になる。

ジュリエッタの胸はじわりと温かくなった。

「ルキノには色々な顔があるんですね」

「……そう？」

「なにを考えているのかよくわからない元カレだったり、下町の優しいお兄さんだったり、立派な皇王だったり、素敵なお兄さんだったりしています。きっと、もっと沢山(たくさん)の顔があるのでしょう。新しいルキノに会えるのが楽しみです」

——可愛くて素敵な女の子が、一緒にいることを前提にした言葉をくれる。

ジュリエッタの言葉に、ルキノは嬉しくなってしまった。

ルキノとジュリエッタがアンジェラを連れ帰ってきてから十日経った。

この十日間に、ラファエルは皇王兄妹の教育、内政、レヴェニカ国との戦争、同盟国との話し合いや交渉といった様々な問題に取り組んでいる。

ラファエルが何人いても足りない……という状況なので、ジュリエッタもできる範囲で手伝っていた。

そして、ルキノもわからないなりに、ジュリエッタとラファエルの話をきちんと聞いてくれている。

「我が国とレヴェニカ国の停戦がようやく決定しました」

「……！　よかったです！」

ジュリエッタは胸を撫で下ろした。

レヴェニカ国は、同盟軍の盟主であるイゼルタ皇国との停戦を優先したらしい。

このあと、レヴェニカ国から他の国とも停戦できるようにしてほしいと頼まれるだろう。

ラファエルがまた大変なことになりそうだけれど、ジュリエッタにとってとても嬉しい報告だった。

「レヴェニカ国は自国を守るために、元皇族の引き渡しに応じるでしょう。……アンティス山の麓に、皇族を幽閉するときに使われていた屋敷があります。彼らにはそこで暮らしてもらうつもりです」

ラファエルは、なにもない山の麓に実の両親や兄妹を幽閉するという決断をした。

ルキノはラファエルに同情してしまう。

「……あのさ、平民にして田舎で暮らしてもらうとかは？」

もう少し自由があってもいいのでは、とルキノは提案したけれど、ラファエルはそれに同意しなかった。

「皇王陛下、貴方は民に最も寄り添うべき方です。民を裏切り、民に矢を向けようとした前皇王にそのような甘い対応をしたら、民が納得しないでしょう。これでもかなり甘い判断です。公開処刑になってもおかしくないんです。我々は『新たな皇王は慈悲深い方だ』という噂を流し、民の不満を誤魔化そうとしているぐらいです」

ラファエルにここまではっきり言われると、ジュリエッタもルキノもなにも言えない。

「それに、目の届くところにいてもらう必要もあります。レヴェニカ国のように、前皇王を担ぎ上げて皇王陛下を倒そうとする者は、この先いくらでも現れるでしょう」

平民出身の皇王ルキノを、民は歓迎している。

しかし、平民でも皇王になれるのなら……と野心を抱いてしまう者はどうしてもいるし、貴族の中には平民の血が流れる皇王に従うなんて……と思っている者もいるだろう。

「ですが、皇族と親しかった貴族を敵に回すのもよくありません。……そこで一つ提案なのですが」

ラファエルは、手に持っている紙をルキノに見せた。

「ん？　誰？」

肖像画用のスケッチのようなものが五枚ある。それぞれに違う女性の顔が描かれていた。

見覚えがないなぁと首を傾げるルキノの横で、ジュリエッタは知っている女性が一人いることに気づく。

「この方はカーミラ元皇女……ですか？　ラファエルの妹ですよね？」

「はい。……皇王陛下の皇妃殿下は聖女さまですが、元皇族の女性を公妾として迎えることはできます」

「……もう浮気の話？」

うわ、とルキノは正直な感想を口にする。

ジュリエッタとは結婚式どころか、婚約式すらまだしていない。

「我が国は公妾との間にできた子へ皇位継承権を与えていませんので、お家騒動になることもありません。アンジェラ姫が社交界を支配するというのは難しいでしょうし、公妾にその役割を任せることも考えてみてください。愛はなくていいんです。あくまでも、公妾という社交界を任せる女性を招くと思って……」

ジュリエッタは、たしかにそれは必要かもしれないと思う。

しかし、ルキノは平民なので、愛人を持つという感覚に戸惑っているだろう。

（どうしたらいいのかしら。こればかりは、私がなんとかすると言えない）

本来は、皇妃が皇族の女性たちと共に社交界を率いて、皇王を支えるべきだ。しかし、聖女として生きてきたジュリエッタにそれができるかというと……。

「私は反対よ！」

そのとき、扉が勢いよく開いた。開いたのは廊下側の扉ではない。皇王の客人を待たせておくための部屋と繋がっている方の扉だ。

皇王の執務室へ勝手に入ってきたのは、ルキノの妹のアンジェラである。

美しい青色のドレスを着ているアンジェラは、背筋を伸ばしながら優雅に歩き、部屋の中央で立ち止まった。

「ご機嫌よう、皆さま方」

アンジェラは、ルキノに似ていてとても美しい。

よく手入れされた艶やかな黒髪が淑女の礼に合わせてさらりと動く。

（淑女教育を始めたばかりなのに……！）

アンジェラはルキノと違って真面目な生徒でとても頑張っている……という話はジュリエッタも聞いていた。

十日間でよくぞここまで……！　と感動する。

「隣の部屋でずっと盗み聞きをしていたけれど……」

アンジェラがラファエルをにらみつけると、ラファエルはため息をつく。

「盗み聞きは淑女のすべきことではありません」

「えっ⁉　したら駄目なの⁉　先生が、噂話はできるだけこっそり聞いておきなさいって言っていたのに」

「盗み聞きをしてもいいですけれど、自ら言うのはやめてくださいという意味ですよ。小鳥から聞いたとか、せめてそういう言い方をしてくださいね」

「小鳥と話せるって言い出しても許されるのは、六歳ぐらいまでだと思うわ」

見た目は立派な淑女に見えても、中身はまだアンジェラのままである。

ラファエルは、頭が痛い……と言い出した。

「ラファエル。皇王陛下にはジュリエッタお義姉さまがいらっしゃるのよ。公妾を迎えるべきではないと思う」

「……皇族というのは、異国の賓客をお招きした際に、国力を見せつけるサロンでおもてなしをします。皇王陛下の結婚式には今度こそ多くの諸外国の方々を招待し、イゼルタ皇国が強さを取り戻したことを示さなければなりません。今からの皇妃教育と淑女教育では間に合うかどうか……」

「間に合わせるわ」

「貴婦人との会話はどうするおつもりですか？　どんな相手でも楽しませることがおもてなしです。芸術を好む者、政治の話を好む者、装飾品に拘る者……どんな話が出てきてもついていかなくてはなりません」

皇族として生まれた者は、小さい頃から必要な知識を少しずつ学んでいる。

ジュリエッタは、アンジェラよりも知識はあるだろうけれど、それだけだ。有名な戯曲の内容を知っていても、実際に見たことはない。実際に聞いたことがある音楽は讃美歌だけだ。

（聖女だったから、で許される部分はあるけれど……）

元皇族かどうかはさておき、やはり公妾を迎えるのが一番では……と思ってしまった。

しかし、アンジェラは引かない。

「十日間、淑女教育というものを受けてなんとなくわかったんだけれど、していることは下町と変わらない。流行っているものを知っている自慢、着ているもの自慢、男自慢、金持ち自慢……サロンでしていることもそういうことでしょう？　好む物が違っているというだけで」

「いえ、ですから、その好む物を学ぶのが大変なんです」

「知っているだけだと嫌われるわよ。人間関係は、知識があれば好かれるというわけではないもの」

アンジェラは青いドレスのスカートを手でたくし上げる。

「このドレスの青色、すごく綺麗だわ。でもね、社交界で大事なのはこの布地を自慢することではなくて、ここから流行りの色について楽しくお喋りをして、似合う色や似合う宝石の話をしながら相手を褒めることでしょう？」

それは下町でも同じことだとアンジェラは言う。

自慢してそれで終わりの人は、多くの人に囲まれることはない。

「勿論、知識は必要だから、急いで勉強するし、侍女にも助けてもらうつもり」

「侍女を使うのはいい案ですね。侍女、か……」

幽閉されることが決定した皇族の中で、直系の皇族以外だったら、そういう道があってもいいだろう。

ラファエルは、選択肢が一つ増えたことを心の中に記しておく。

「……しばらくこの件は保留にしましょう。アンジェラ姫の淑女教育の状況を見てから、また判断します」

「そうして」

アンジェラはラファエルに頷いたあと、くるりと踵を返し……ぐらりと身体が傾いた。

それをルキノが支え、上手く立たせる。

「ヒールがあると走りにくいし、バランスも悪くなるわ。どうして淑女はこんなものをはくの？」

どうにかならないのかな、と文句を言うアンジェラに、ラファエルは「淑女は走りません」とすぐに指導した。

「それでは私も失礼致します」

やるべきことが多すぎるラファエルと、またあとでくることにすると言ったアンジェラは執務室から出ていく。

ルキノは公妾候補の似顔絵を雑にまとめ、机の端に寄せた。

「公妾、ねぇ……」

「私はそれも一つの方法だと思います。でもルキノの気が進まないのなら、年若い元皇族の女性を養女にするというのはどうでしょうか」

「……養女？」

「はい。養女にするためにはルキノより年下という条件がついてしまいますが、ルキノの娘なら『皇女』ですからね。十七歳の皇族の女性がいますよ。どうですか？」

「俺に一つ年下の娘か……」

ラファエルは公妾という方法を先に思いついたようだけれど、ジュリエッタは先に養女の方を思いついた。皇国法では、一つ違いの父娘になることはできる。

「……ジュリエッタはそれでいいの？」

「私ですか？」

「俺が養女を迎えたら、ジュリエッタにとって義理の娘になるわけだし」

ルキノの問いかけに、ジュリエッタは少し考えてみた。

（私に娘ができる……）

十七歳だとジュリエッタよりも一つ年上の娘ということになる。

年齢のことを考えると、母と慕われることはないだろうけれど、それでも……。

「家族が増えると楽しいですよね、きっと」

天涯孤独のジュリエッタは、家族というものへの憧れがあった。

神に身を捧げたはずの自分が母になるというのは、不思議な感覚で、そしてあたたかいなにかを感じる。

「一時的な関係ですが、仲良くしたいです」

ジュリエッタの言葉に、ルキノはなにかを言おうとしたけれど諦めた。

その代わり、ずっと気になっていたことを尋ねてみる。

「……ジュリエッタは、いつまで皇国にいてくれる？」

「私ですか？　そうですね……ラファエルがまだ大変そうなので、皇国が落ち着くまでは皇妃でいるつもりです」

誓約があるから、ルキノとジュリエッタは結婚をしなければならない。けれども、そのあとのことについては誓約書に書かれていないから、離婚することもできる。

これはいつもジュリエッタがやっている『法の抜け道』というやり方だ。

「ジュリエッタは離婚してからどうする？　もう一度、神に仕える道に行く？　それとも救護院を開く？」

具体的な未来の話に、ジュリエッタは常々考えていたことを明らかにした。

「再び神に仕える道も考えましたが、フィオレ聖都市は私の扱いに困るでしょう。でも、私はずっと神に仕えてきましたし、他の仕事ができるかどうか不安なので、救護院を開いて、人々を癒やしながら生きていくのが一番いいと思います。そのときはやはり皇国以外のところで……元聖女が好きなことをするのは難しいでしょうから」

フィオレ教には家族を大事にしなさいという教えがあるので、好きなことをしたいという理由での離婚は快く思われないはずだ。

ジュリエッタは離婚するためのそれらしい理由はいくつも思いついているけれど、嘘をつくのはよくないことである。できれば、誰もが仕方ないと思えるような離婚にしたい。

「……ならさ、俺といつまで相棒でいてくれる？」

「一生、相棒ですよ。貴方が困っていたらいつでも駆けつけます。私にできることがあるなら絶対に知らせてくださいね」

この先、イゼルタ皇国は何度も試練を与えられるだろう。

賢者の杖をイゼルタ皇国に返還したジュリエッタは、癒やしの神聖魔法が少々使える魔導師でしかない。大変なときに役に立てるかどうかはわからないけれど、味方というのはそこにいるだけで頼もしさを覚えるものだ。

「そっか。……ありがとう、ジュリエッタ」

ルキノはいつものように笑い、立ち上がって窓の外を見た。

「あ……アンジェラだ」

「そういえば、今日はベルッツィ侯爵夫人たちとお茶会をすると言っていましたね。……みんな、とても楽しそうにしています。アンジェラさんはきっと社交界の人気者になりますよ」

ラファエルは、アンジェラの教育係となる女性を十人も用意した。彼女たちは全員、社交界に影響力を持つ貴婦人である。

誰だって最初はなんで私がこんなことを……と思っていただろう。けれども、アンジェラが礼儀正しく、そして笑顔で懐いてきたら、娘を可愛がるような気持ちになったようだ。

一度『可愛い』と思ってしまえば、アンジェラの貴婦人らしくないところも元気があっていいと受け止めてもらえるし、ちょっとでも努力の成果が出れば、アンジェラ姫は素晴らしいと自慢してくれる。

(それに、アンジェラさんは本当に勉強熱心な方だわ)

元々、身体を動かすことは得意だったらしく、お辞儀や歩き方はすぐ完璧なものになった。乗馬もワルツも習った日に覚えてしまった。もうルキノのワルツの練習相手をしてくれているし、ジュリエッタにも色々なアドバイスをしてくれる。

お茶会のマナーもなんとか覚え、こうやってお茶会を開いて練習し始めた。

(貴族の階級と名前は、傍についている侍女に耳打ちしてもらったらなんとかなる。挨拶をする相手の細かい好みや特技といったものは覚えてもらわないといけないけれど……)

その辺りのことを一気に覚えるのは難しい。

十人の教師役に助けてもらいながら、少しずつ学んでいくしかないだろう。

「私たちもアンジェラさんのように頑張らないといけないですね」

「本当に。昨夜、アンジェラに礼儀作法が違うって叱られたよ」

ジュリエッタは期間限定の皇妃だ。それでもその間は皇妃の務めをしっかり果たそうと改めて決意した。

ルキノにとっての夕食とは、家族と様々なお喋りをする時間である。

疲れたとだらしなく座ってもいいし、チーズをくわえながらヴィーノの栓抜きを持ってきてもいいのだけれど、皇王になってからはそうもいかなかった。

「……夕食を食べるだけで疲れるのはなんでだろう」

「その気持ちはわかるけれど、慣れるまでは頑張って」

ルキノが襟の詰まった服に嘆いていると、ドレス姿のアンジェラが励ましてくれる。

「私だってコルセットをつけているんだから。これでも緩めだけれどね」

「は～、偉い人たちって、大変だから偉いんだなぁ」

「うん。お金持ちでいいなって羨ましかったけれど、いざお金持ちになってみたら、覚えることばかり。みんな大変なのね」

アンジェラはそう言いながらも、ナイフとフォークをきちんと使っている。

時々、力を入れすぎたのか、皿とナイフが喧嘩して耳に痛い音が鳴るけれど、ルキノは自分よりはよほど上品だとアンジェラを心の中で讃えた。

今のアンジェラは、『元気のいい貴婦人』ぐらいにはなっているだろう。

「〝お兄さま〟、足」

「……はーい」

アンジェラは、長い足を持て余して姿勢が崩れたルキノを叱る。

ルキノは慌てて足の位置を直し、背筋を伸ばした。

「アンジェラは姿勢がいいね……」

「コルセットをつけているときは背中を曲げられないの。だから落としたフォークを自分で拾えないのよ。落としたら拾わないで、と習ったんだけれど、そもそも無理なのよね。ヒールがある靴でしゃがむと危ないし。一度転んじゃった」

「……お兄ちゃん、アンジェラの中身がアンジェラのままでほっとするよ」

アンジェラの見た目や立ち居振る舞いが淑女になっていても、中身は下町育ちのしっかり者でいい子のアンジェラのままだ。

（でも、外見に惑わされる人は多いんだよねぇ）

アンジェラがドレス姿で皇城内を歩き始めると、黒髪翠目で皇王似の美人ということもあり、『皇王の妹姫』だということがわかりやすくなった。

すると、未婚の若い貴族男性からの花束がアンジェラにどんどん届くようになったのだ。

「アンジェラ……。結婚したい相手ができたなら、いつでも相談してくれよ。結婚できるようにラファエルと相談するからさ」

「自分のことは自分でどうにかするから大丈夫。……それよりも、お兄ちゃん……違った、お兄さまのことよ。ジュリエッタお義姉さまとの関係はどうなっているの？」

アンジェラがナイフでルキノを指そうとし、慌てて下げる。そして何事もなかったように肉を切り始めた。

「どうなっているのって……ジュリエッタとはいい関係だと思うけれど？」

ルキノがいつもの軽い調子で答えれば、アンジェラは音を立てないように気をつけつつ肉を切り終える。

「誤魔化さないで。お義姉さまより好きになれる女の子なんて、絶対にできないからね」

流石（さすが）は生まれたときからルキノを見てきただけはある。

アンジェラは、ルキノの「どうしようかな……」と迷っている部分を言い当てた。

「今はまだ気になる女の子ぐらいだと思うけれど、ここで頑張らないといけないと思う。気持ちが定まった頃（ころ）には、お義姉さまはこの国を出て行っているかもしれない」

「……ジュリエッタが決めたことなら、俺はいくらでも応援（おうえん）するよ」

「お兄ちゃん、わかっていないわ。選ぶのはお義姉さまよ。お兄ちゃんはね、いくらでも選択肢をお義姉さまに渡していいんだから」

アンジェラは、なにかを思い出したのか手を止める。

「……お義姉さまは皇城に戻ってきたあと、私にわざわざご挨拶にきてくれたの。ワンピースを借りたことについてのお礼とお詫びをしてきた。あのとき、私はすごく恥ずかしかったんだから……！」

「え？　なんで？」

「捨てるかどうか迷っていたワンピースなのよ。あんな服を貸すだなんて……！」

「だから貸したんだけれど」

「お兄ちゃんはなにもわかっていない！」

もう！　とアンジェラは言う。

興奮したせいか、すっかり淑女というドレスを脱ぎ捨ててしまったようだ。

「それなのに、お義姉さまは色のついたワンピースを着たのは初めてだって喜んでくださって……心があまりにも綺麗で、聖女さまって本当に凄いなって」

「ん～、ジュリエッタは本当にいい子だよね」

うんうん、とルキノは同意する。

「だから私、色違いのお揃いのドレスを作りましょうってデザイン画を描いてみた。何色がいいかって訊いたら、真面目に悩み始めて、服の色を選ぶのは初めてでどうやって選べばいいのかわからないって……！」

「わぁ、俺もそこにいたかったな」

「お義姉さまは私欲を捨てて神に仕えている方だから、選ぶってことがなかったんだろうなって思ったの。……だから」

　アンジェラはヴィーノを手に取る。

「皇妃のままでいてほしいって選択肢を、私はあげたいな。お義姉さまには『それしかない』じゃなくて『選ぶ』であってほしいの。お兄ちゃんがしないなら、私が勝手にするからね。ずっと私のお義姉ちゃんでいてほしいって言う。——どうする？」

　そして、アンジェラはヴィーノをひと口だけ飲んだ。

　ルキノは行儀が悪いと思いつつも、妹には敵わないとナイフとフォークを持ったまま両手を上げる。

「……それは自分で言うよ」

　アンジェラは、もうなにも言わないことにしたようだ。

　そこからは、お揃いのドレスのデザイン画の話を始め、ここにリボンをね……と楽しそうにドレスの詳細を語ってくれた。

　ルキノは寝台に寝転び、天井に描かれた絵をぼんやり眺める。

　青空と雲と鳥と勇ましい戦士が描かれた絵は、ルキノを癒やしてくれなかった。

(俺は、ジュリエッタにどうしてほしいのかな……)

ルキノがフィオレ聖都市までジュリエッタを迎えに行ったのは、彼女が知識の聖女だからだ。

そこで四百年前の誓約を持ち出し、ジュリエッタの力を借りることになり、ジュリエッタと少しずつ仲を深めていった。

(ジュリエッタは、真面目で、優しくて、とてもいい子だ)

誓約は、ジュリエッタが皇妃になるところで終わる。

皇妃になってしまったあとのジュリエッタを、ルキノは自由にしてやるべきだろう。

ジュリエッタは聖女であることが苦しかったし、これでよかったと言ってくれるけれど、でもこれ以上を望むべきではない。

——選択肢を、私はあげたいな。

妹の言葉が、ルキノの喉に絡んでいるものを取り払う。

言ってもいいのだろうか。許されるのだろうか。

「よし」

とりあえず、話をしてみよう。

ルキノはそう決めて、皇王の寝室と皇妃の寝室を繋ぐ扉を叩く。

「——はい」

ジュリエッタの声が聞こえてきたので、ルキノはいつもの調子で「夜空を見ない？」と言ってバルコニーに誘った。

「こんばんは、ジュリエッタ。城下町の灯りが宝石箱をひっくり返したみたいになっているけれど、ジュリエッタのサファイアブルーが一番大きくて輝いているよ」

メルシュタット帝国との戦争中、城下町はとても暗かったけれど、今はかなり明るくなってきている。人が戻ってきたことを教えてくれる灯りは、温かい色ばかりだった。

「こんばんは、ルキノ。私からだと、ルキノのエメラルドグリーンが一番大きいですよ」

ふふと笑いながらジュリエッタが挨拶を返してくれる。

柔らかな声と柔らかな返事が、とても心地よかった。

（アンジェラの言う通りだ……）

ルキノのジュリエッタに向ける想いは、まだ名前がつけられない。

現時点でわかるのは、ジュリエッタと二人でゆっくり話せる時間は、自分にとって宝石よりも輝いているということだけだ。

この先、ジュリエッタ以外の誰かと二人きりになっても、きっと自分はこの宝物を忘れられないだろう。

（だったら、誰か一人に誠実であるべきじゃないか……とは、思う）

ルキノがジュリエッタの女神のような顔を見てう～んと悩んでいると、ジュリエッタは笑った。

「随分と難しいことを考えているみたいですね。どうしたんですか？」

「いや……ジュリエッタに話をしようと思ったんだけれど、どう言ったらいいのかわからなくて。それにジュリエッタがあんまりにも可愛いから、どきどきして」

「そんなことを言われると、私がどきどきしてしまいます」

ジュリエッタは、ルキノの言葉を素直に受け止めてくれる。

ルキノは、ジュリエッタの素直なところを見習ってみることにした。

「もしも……、ジュリエッタの中で、皇妃になったあとにどうするのかをまだはっきり決めていないならさ」

ルキノの胸がどきどきしている。こんな風に、なるようになるさと思えない気持ちになるのは、とても久しぶりだ。

「――俺と離婚しないで、ずっと皇妃でいてほしいな」

ジュリエッタの傍にいると、熱くなれるし、どうしたらいいのかと優柔不断にもなれるし、らしくなく躊躇うし……新しい自分を見つけることができる。

（そう、ジュリエッタだからなんだ）

反応が気になって怖くなるのも、言わなければよかったかもと不安になるのも、ジュリエッタが相手だから。

ルキノがジュリエッタを見つめながらじっと返事を待っていると、ジュリエッタはぱちりと瞬きをした。

「ええっと、……それだとルキノは好きな人と結婚できませんよ？」

そうだよね、で引き下がってはいけない場面だ。

ルキノは、もうちょっとだけ頑張れと自分を励ます。

「ジュリエッタ以上に好きになれる人と出逢えるとは思えないんだ」

ルキノにとって、これはとても正直な気持ちだった。

もう少しだけこのままの関係でいるための時間がほしい。まだ、ジュリエッタの知らないところは沢山ある。それを見つけて、笑って、驚いて、はしゃいで……そういうところに意識を集中させたい。ジュリエッタとの色々な初めてに、全力を尽くしたいのだ。

「嬉しいことを言われてしまいましたね」

ジュリエッタは恥ずかしそうに微笑み、頬に手を当てた。

「私は、ルキノがどんな道を選んでも、この先も相棒としていざというときは助け合うつもりでいました。だから、ずっと一緒にいるということがまだ想像できていなくて……。それに、皇妃としての務めを私が果たせるかどうかも不安です」

「ジュリエッタならできるよ」

「聖女や魔導師はできても、皇妃はまた別の話ですからね。皇王としてのルキノのためを思うのであれば、ルキノは元皇族の女性と結婚し直した方がいいんです。……でも、個人としてのルキノの気持ちも大事にすべきだと思っています。心が伴わない結婚は、神に祝福されませんから」

ジュリエッタの手がルキノに伸びてくる。

ルキノはその白くて華奢な手を取った。

「しっかり考えてみます。私と貴方の一生に関わるとても大事なことですから」

「うん、ありがとう」

ジュリエッタが前向きに考えてくれるとわかり、ルキノはほっとする。

最悪、「私には救護院を開いて普通の女の子に戻るという夢がありますから」と言われ、あっさり話が終わる可能性もあったのだ。

「……皇妃のままだと、自由な恋愛はできなくなるから、その辺りもよく考えてほしい」

ルキノが最後に注意点を口にすると、ジュリエッタは笑った。とても可愛い笑顔だ。ルキノは見惚れてしまう。

「安心してください。そのときはルキノに恋をしますよ。聖女を辞めたあとは、恋もしたいなと思っていたんです」

ジュリエッタの頼もしい計画に、ルキノは降参だと笑い返す。

「だからそのときは、ルキノも私に恋をしてくださいね」

「――うん。絶対にするよ」

実のところ、既にちょっとだけしているのではないかとルキノは思っていた。

けれども、やはりもう少しだけ〝相棒〟という関係を続けたい。なんでも思っていることを話せる時間が、今の自分たちには必要なのだ。

イゼルタ皇国とレヴェニカ国による話し合いの場が設けられた。

元皇族の引き渡しの交渉は早々に終わったので、あとは賠償金の交渉に集中するだけだ。

ラファエルによる皇王ルキノと妹姫アンジェラの皇族教育は順調に進んでいるし、民が戻ってきたことで活気は出てきたし、これからの生活がよくなるという希望を抱けるようになっている。

そんな中、ジュリエッタは枢機卿セルジオからの手紙を受け取った。

――急ぎフィオレ聖都市にお戻りください。

　ジュリエッタは、ルキノと婚約している状態だけれど、結婚前なのでまだ〝聖女〟だ。なにかあったら、知識の聖女としてフィオレ聖都市に戻らなければならない。

「すみません、皆さんがとても忙しいときに……。きっと、引き継ぎの話だと思います。この間、フィオレ聖都市に戻ったときも、助祭ジュゼッペと助祭マッテオの勧めを手伝いましたから」

　ジュリエッタが呼び出された理由をルキノやラファエルに説明すると、ルキノは大変だねと言ってくれ、ラファエルは無理をなさらないでくださいねと心配してくれた。

「お義姉さま、どうかお気をつけて……！」

　最初、アンジェラは心配だからついていきたいと言っていたけれど、淑女教育があるために断念するしかなかった。その代わり、ジュリエッタの帰りを待っている間にもっと淑女らしくなりますという素晴らしいことを言ってくれる。

　ジュリエッタは、多くの人に見送られて出発した。

　そのことを神と皆に感謝する。

（私は……変わった。みんなに助けられて、多くの人と幸せを共にすることができるようになった）

　フィオレ聖都市から出て行くとき、見送りはいなかった。

　けれども、今は違う。そして、きっと戻ってきたときも、多くの人の笑顔を見ることができるだろう。

「行ってきます」

ジュリエッタは風の神聖魔法を使い、フィオレ聖都市に急ぐ。

できれば数日で大体のことを終わらせ、また必要になったら一日戻るとか、そういう形にしたいと思っていた。

第四章

ジュリエッタを乗せた馬車は、二日かけてフィオレ聖都市(せい)へ到着(とうちゃく)する。

前回と同じく、迎(むか)えはないと思っていたのだけれど、大聖堂の前で枢機卿(すうききょう)たちが並んでいた。

「聖女ジュリエッタ、お帰りをお待ちしておりました」

ジュリエッタは序列一位の聖女である。

しかし、必要なときに事務作業だけしてくれたらいいという扱(あつか)いをずっと受けていたので、本来あるべき対応をしてもらえたのにそわそわしてしまった。

(よほど困ったことでもあったのかしら……?)

フィオレ聖都市は、神に仕えて神の教えを広げるための宗教国家だ。

弱き者への施(ほどこ)しをするためにも贅沢(ぜいたく)をすべきではないし、無償(むしょう)の愛を届けなければならない。

しかし――……ジュリエッタの師である聖人カルロのように、神の教えを守り続けるような人は、そう多くはないのだ。皆(みな)、贅沢をすべきではないと言いながら、贅沢を楽しんでしまう。

まっていた。

そして、皆が同じ思いで神に仕えなければならないのに、なぜか権力争いが行われてし

幸いにも、ジュリエッタはその権力争いに関わっていない。ジュリエッタは皆にとって価値のない置き物だったのだ。

「聖女ジュリエッタ、どうかまずは神に祈りを捧げてください」

「ありがとうございます」

ジュリエッタはセルジオの勧めに従い、大聖堂に入る。

メルシュタット帝国は、レヴェニカ国に停戦を求められているのに、まだ軍を撤退させていない。モンクレア国もだ。

どうかこれ以上、傷つく人がいませんように……と神の祝福を求めた。

「聖女ジュリエッタ。フィオレ聖都市の今後についての話があります。どうぞこちらへ」

ジュリエッタはセルジオの言葉に頷きながら、フィオレ聖都市でなにが起きているのだろうかと不安になる。

ジュリエッタがかつてしていた事務作業に関する話なら、セルジオは表に出てこないだろう。実際に作業をしていた者たちが、直接ジュリエッタのところにくるはずだ。

(枢機卿セルジオがわざわざ私と話をしたがるほどの『なにか』……)

セルジオはもしかしたら、ジュリエッタをフィオレ聖都市の権力争いに巻き込もうとし

ているのかもしれない。

ジュリエッタはこれから皇妃になる。イゼルタ皇国の皇妃として、フィオレ聖都市に寄付金を……という話になるのだろう。

勿論、それはとても大事なことだ。フィオレ聖都市とイゼルタ皇国は未来永劫助け合うと誓った関係である。イゼルタ皇国の負担になりすぎないよう、ラファエルと相談して、できる限りフィオレ聖都市を支援すべきだ。

「聖女さま、失礼致します」

控えの間に入ったジュリエッタは、上等な茶と菓子を出される。

本来、神に仕える者は嗜好品を口にしてはいけない。それは苦しい思いをしている者へ与えられるべきものだ。皆に分け与えても余ったときだけ、その喜びを分け合ってもいいということになっていた。

(手をつけないでおきましょう)

残ったものは、皿を下げにきた者が口にしてもいい決まりである。

数少ない楽しみを皆に分け与えるため、ジュリエッタは上等な茶だけを飲んだ。

「イゼルタ皇国の戦争がようやく終わりそうですね」

セルジオが口を開いた。

ジュリエッタは穏やかに微笑み、神のお導きのおかげですと答える。

「これも聖女ジュリエッタの祈りが届いたからでしょう。……しかし、聖女ジュリエッタは誓約によって皇妃にならなければなりません。とても寂しいことですが、誓約は神の下で行われた大事な約束です。必ず守る必要があります」

「はい」

セルジオは一応、ジュリエッタが聖女でなくなることを惜しんでくれた。

かつての自分だったら、嬉しいと思ったかもしれない。しかし、今のジュリエッタは、嬉しいよりも先にこのあとの要求が気になってしまう。

(やっぱり……皇妃となった私に寄付金を求めてくるわよね。それもかなりの額を)

寄付はするけれど、金額の明言は避けようと思っていたら、話がとんでもない方向へと向かい始めた。

「けれども、誓約を守ったあとであれば、聖女ジュリエッタは再び神に仕える道を歩むこともできるはずです」

「そ、れは……」

ジュリエッタは、ルキノとその話をしたことがある。そしてそのときに、その道は選ばないと自ら語った。

「聖女ジュリエッタ、我々は貴女の力を求めています。どうかもう一度、神に仕える道をお考えください」

——平凡な神聖力しかない者がなぜ聖女に？

——奇跡を起こせない聖女がいたら、フィオレ聖都市に汚点が残ってしまう……。

——なぜ聖女になったんだ。なってはいけないことぐらいわかるだろう。

ジュリエッタは、聖女になってはいけなかった。

だから追い出されるようにしてイゼルタ皇国へ行くことになった。

それでもジュリエッタは、ルキノと共に皇国を救おうとして奔走したときに、聖女になった意味を見出せた。戦争を終わらせるという奇跡を起こすこともできた。

もしもそのことが評価されたのであれば、とても喜ばしいことだ。

「……ありがとうございます。ですが、元聖女という立場では、皆は私の扱いに困るでしょう」

ジュリエッタは、助祭の一人に戻ることになっても、それならそれでいい。自分にできることをしていこうと思える。

しかし、フィオレ聖都市も外の目が気になるだろうし、ジュリエッタを元の助祭として置いておくわけにはいかないはずだ。

「聖女ジュリエッタは、聖女の指導役としてお戻りになるのが一番かと思います」

「指導役ですか……」

たしかにそれが一番いいのかもしれない。実際のところは、フィオレ聖都市の運営を助けるという勤めを果たすことを求められているのだとしても。

「聖女の指導役として、新たな聖女を導き、助け、そして再び布教の旅に出てもらおうと思っています」

悪くない待遇だとジュリエッタは思った。

しかし同時に、これでいいのだろうかという気持ちもある。

「……枢機卿セルジオ、私は皇王ルキノと結婚をしなくてはなりません。結婚とは、神の下で生涯を共にするという約束をすることです。離婚する場合、離婚しなければならない理由が必要になります」

セルジオが求める聖女の指導役というものは、裏方でひっそり支えるだけというわけではなさそうだ。布教の旅をするのであれば、それはもうフィオレ聖都市の顔になるということである。

離婚後にここまでのことをするのであれば、それはもう最初から離婚するつもりでの結婚に見えてしまうだろうし、神の祝福を軽く扱っているように思われてしまうだろう。

「指導役として、皆の目から見えないところでささやかに聖女を手伝うだけでもいいのなら、考えてみようと思います」

——聖女の指導役という役職を与えられ、フィオレ聖都市の運営を助ける。

——自分に適していないかもしれないけれど、皇妃としての役割を一生懸命に果たす。

ジュリエッタは、今すぐどちらかを選ぶことはできない。ルキノの意見も聞きながら、精一杯考えたい。

そんなことを考えながら顔を上げたのだけれど、セルジオは不快だという顔をしていた。

「枢機卿セルジオ……？」

「……聖女ジュリエッタ。貴女は神の導きに従うべきです」

どうやらセルジオは、ジュリエッタが神に仕える道をすぐ選ばなかったことに不満を覚えたようだ。

（でも、皇妃をしながらフィオレ聖都市の運営を手伝うというわけにもいかないし……）

ジュリエッタが申し訳なさを感じていると、セルジオは控えていた助祭に手紙を持ってくるよう命じる。

「これは助けを求める者たちの言葉です。この方々を救うのが、神に仕える道を選んだ貴女の勤めでしょう」

「……助けを求める者たちですか？」

ジュリエッタの神聖力では、多くの人々を同時に癒やすことはできない。

フィオレ聖都市で賢者の杖に神聖力を溜めておけば可能だろうけれど、ジュリエッタが使っている賢者の杖は、離婚と同時にルキノへ返すべきものだ。

（布教の旅は他の聖女に……って）

ジュリエッタは手紙に書かれた文字を読んで驚く。

そこには、国家の名前が書かれていた。

「彼らに祝福を授けてほしい……ということでしょうか……？」

聖女や枢機卿は、フィオレ教の布教のために異国へ向かうこともある。

そのついでに『王族や皇族たちの戴冠式や結婚式等で祝福を授ける』という勤めもあるのだけれど、あくまでも『ついで』だ。

「イゼルタ皇国を救った貴女の力を望む国は、どこにでもあります。迷える国に力を貸し、そしてフィオレ教を布教することが、聖女ジュリエッタの新たな勤めだと神は仰っています」

ジュリエッタは、セルジオの言いたいことにようやく気づいた。

もっと早くに気づくべきだったけれど、あまりにも神の教えに反していたので、そんなことを言うはずがないと思い込んでしまっていたのだ。

「……私に、戦争に勝つための手伝いをして、それと引き換えに国教をフィオレ教にしてもらってきてほしいと言いたいのですか？」

「いいえ。国を救うための助言を行い、同時に布教もすべきだと申しています」

それは言葉を換えただけだ。

ジュリエッタは立ち上がり、賢者の杖を持つ手に力を込めた。

「私がイゼルタ皇国に力を貸したのは、イゼルタ皇国とフィオレ聖都市の間に四百年前の誓約があったからです！　四百年前の誓約がなければ、フィオレ聖都市はイゼルタ皇国に力を貸すべきではなかったでしょう！」

セルジオはジュリエッタに、傭兵業のようなことをしろと言っている。

助けを求めてきた国に戦争で勝利するための策を授け、報酬として国教を変更させて寄付金を得てこいと頼んでいるのだ。

「神はそのようなことを求めてはいません！　信仰は報酬のように扱ってはいけないものです！　己の中から自然と生まれるべきものであるはずです！」

ジュリエッタの聖女としての言葉に、セルジオは憎々しげに舌打ちをした。なにもわかっていない小娘が……と言いたいのだろう。

(でも、私は世間知らずの小娘ではないわ)

ジュリエッタはこのフィオレ聖都市の問題を、ずっと間近で見てきた。どうにかできないだろうかと考えてきた。

──聖人カルロが私を聖女にしたのは、このフィオレ聖都市の問題をどうにかしたかったからだと、今ならわかる……！

後ろ盾からの寄付金の額で枢機卿になれるかどうかが決まる。彼らは寄付金を使って贅沢をする。

神に仕える者なのに、神ではなく金ばかりを見ているこの状況に一石を投じるため、カルロは後ろ盾のないジュリエッタを聖女にしたのだ。

（知識の聖女なら、知識だけで聖女になれるから……）

彼は布教の旅をしながら、知識の聖女になれる者を探していたのだろう。

あるとき、カルロはジュリエッタを見つけた。聖女認定試験に合格できるようにするため、色々なことをジュリエッタに教えた。

そして、カルロは夢を叶えたのだ。

神への勤めに励み、清貧な暮らしをし、救いの手を人々に差し伸べる聖女が誕生した。

本来あるべき姿を皆に見てもらい、神への誓いを思い出してほしいと願ったのだろう。

（後ろ盾のない私には発言権がない。それでも……聖女としての本来あるべき姿をもっと見てと願い、そう行動することはできたはず！）

ジュリエッタの姿に、心打たれる者もいるかもしれない。

だから、今からでもカルロの想いに応えたい。聖女でいられるのはあと少しだ。

「――枢機卿セルジオ。私はこのフィオレ聖都市に戻ることはないでしょう」

ジュリエッタが聖女の指導役になっても、セルジオの言う通りにしなかったら、すぐに捨てられる。

どこかの部屋に閉じ込められ、神に祈るだけの日々を送ることになるぐらいなら、ルキノを支えるために皇妃のままでいるか、それとも皆のために救護院を開いた方がいい。

「もう聖女ジュリエッタの布教の旅の話は進んでいます。多くの方々に迷惑(めいわく)をかけるようなことは……」

セルジオのとんでもない言葉を、ジュリエッタは迷わず遮る。

「これは迷惑になるかならないかという話ではありません。神に仕える者として、してはならないことです。救いを求める声があれば、戦争にならないよう力を尽(つ)くすべきです。今ある平和を守ることがフィオレ聖都市の役目です」

イゼルタ皇国への支援は、例外中の例外だ。

勿論、フィオレ聖都市が戦争に巻き込まれてしまったら、また話は変わってくるだろう。けれどもそうではないのなら、フィオレ聖都市はどの国にも平等に手を差し伸べるべきだ。

「……聖女ジュリエッタは、どうやら神への祈りが足りないようです」

セルジオのその一言で、控えていた枢機卿や司教たちが立ち上がって口を開く。

「戒めの奇跡(レジング・ララ・リーリエラ)！」

放たれた神聖魔法は、ドラゴンに使うような魔法ほどの強さはない。これは人を鎖(くさり)で縛(しば)って動けなくするだけの魔法だ。

ジュリエッタがはっとしたときには、聖なる鎖がもう自身の手首や足首に巻き付いていた。

「枢機卿セルジオ!?」

驚きながらセルジオの顔を見ると、セルジオは恐ろしい表情になっている。

「祈りの部屋に閉じ込めておきなさい」

そしてセルジオは、動けなくなったジュリエッタに近づき、手に持っている賢者の杖を抜き取った。

「ヴァヴェルドラゴンの目……。なるほど、イゼルタ皇国に保管されている本物の四百年前の賢者の杖ですか……。これはフィオレ聖都市が持つべきものですね」

「……!? 違います！　その杖はイゼルタ皇国のものです！　皇王ルキノからお借りしたとても大事なものです！」

ジュリエッタは賢者の杖を取り返したかったけれど、手が動かない。足も動かない。

（こんなことって……！）

戸惑いながらも、やるべきことは一つだとわかっている。

ジュリエッタは、神の誓いを忘れてしまったセルジオに最後の警告をした。

「枢機卿セルジオ、私は絶対に貴方の言う通りにはなりません。こんなことをしても無意味です。今すぐ悔い改めなさい！」

「では、貴女が可愛がっていた助祭ジュゼッペと助祭マッテオがどうなってもいいと？　慈悲深い聖女がそんなことをしても許されるのですか？」

「……!?」

ジュリエッタは、セルジオになにを言われているのか、一瞬わからなかった。

しかし、神の教えに反する脅迫をされたことにどうにか気づき、非難の声を上げる。

「なんてことを……！」

「神の導きが助祭ジュゼッペと助祭マッテオにもありますように」

祈りの部屋に連れて行かれたジュリエッタは、小さな窓から外を見た。この部屋は罪を悔いるときに使われている。懺悔のためではなく、己と向き合うための部屋だ。そして、魔法を使えなくする魔法陣も描かれている。

「……神は、過ちは誰にでもあると仰った」

ジュリエッタは、もう一度セルジオと話をしなければならない。

それでもセルジオが悔い改めないのであれば、聖女ジュリエッタとして彼を導かなくてはならないだろう。

「ルキノ……。予定より帰りが遅くなりそうです……」

急いでルキノの元へ帰りたかったけれど、もう少しだけかかりそうだ。

ジュリエッタの手紙がイゼルタ皇国に届けられた。

そこには、婚約式や結婚式のときだけ帰るということ、それから結婚したあとは神に仕える道をまた選ぶつもりだということが書かれていた。

「……これって」

アンジェラはジュリエッタの手紙を読んで驚く。

ラファエルは、なんてことだ……と手を震わせた。一瞬、別の人が書いた手紙ではないかと思ったのだけれど、この丁寧な字は間違いなくジュリエッタのものである。

「皇王陛下！　聖女さまの機嫌を損ねるようなことをしたのですか⁉　ああ、いや、聖女さまは本当に素晴らしい方だから、皇王陛下のあまりにも呑気な発言もお許しになるだろう……。ということは、やはり信仰心が厚くて……！」

ラファエルはルキノに失礼なことを言いかけていたけれど、ジュリエッタへの信頼によって方向転換してくれた。

「ジュリエッタになにかあったのかな……とは思うんだけれど」

ルキノの相棒であるジュリエッタは、大事な決断は相棒と相談してから決めるはずだ。

急にこんな手紙が届いたのは、なにかの理由があると思いたい。

「――お兄ちゃん。この手紙、なにかおかしい」

アンジェラは手紙をじっと見ながら、ほら、と言う。

「ん？　おかしくないと思うけれど……。ジュリエッタに教わった手紙の書き方ってこうじゃなかったっけ？」

ルキノもアンジェラも、ジュリエッタから字を習っている。

二人ともなんとか読み書きはできるけれど、そこまでしかできなかったので、字の練習をして手紙の書き方を覚えなければならなかったのだ。

「聖女さまから字を習っているときに、小説を読んで感想を書くという宿題があって、そこから恋愛小説の話で盛り上がったことがあったの。手紙を使った恋人同士の内緒話が素敵だったよねって……」

身分差のある恋人の片方が別れようという手紙を出したときに、これは無理やり書かされたものだとわかるような仕掛けを手紙にしていたのよ、とアンジェラは説明する。

「爪で跡をつけてある文字だけを読むと……」

ルキノはアンジェラに差し出された手紙をよく見てみる。

裏返せば、確かにところどころ爪で強く押したような跡があった。インクのところを押してあるので、表側からだと普通の手紙にしか見えない。

「えーっと、……待って、えーっと」

ルキノはいちいち手紙をひっくり返し、ジュリエッタが隠したかもしれない文章を読み取ろうとする。

ラファエルは黙って見守っていたのだけれど、文字に慣れていないルキノがもたもたとやっているのに焦れて、貸してくださいと手を出した。

「……〝おどされているだけ　おそくなるけれどかならずかえります〟」

ラファエルが隠された文章を読み上げる。

アンジェラは驚いた。どういうことなのかとラファエルに尋ねる。

「なんで聖女さまが脅されているの⁉　この手紙は、フィオレ聖都市から届いたんでしょう⁉　え？　脅したのって誰……⁉」

ラファエルは元皇子で、フィオレ聖都市の事情にもそれなりに詳しい。ジュリエッタの置かれている立場というものをきちんと理解している。

「フィオレ聖都市は、知識の聖女さまを手放すのが惜しくなったのでしょう。知識の聖女さまは後ろ盾を持たない聖女だと侮られていたので、もしかしたら監禁されて……」

そのとき、誰かが机を蹴り飛ばした。

ルキノはゆらりと立ち上がり――……目つきを鋭くする。

真正面からその顔を見ることになったラファエルは、視線も動かせなくなるほどの恐ろしさを感じた。

けれども、ルキノの横にいたアンジェラは素早く動く。ルキノの頬を力一杯摘まんだ。

思わず「いてっ」と呻いたルキノに、アンジェラは口を尖らせた。

「その怖い顔で聖女さまを迎えに行くつもり？　やめてよ、もう」

「あ……」

凶悪な獣のような気配が、ルキノから一気に消える。

ラファエルは、理由はわからないけれどほっとしてしまった。

「ねぇ、ラファエル。こういうときってどうしたらいいの？　フィオレ聖都市に軍隊を派遣したらいいわけ？」

アンジェラが真面目な顔でラファエルに問う。

ラファエルは、アンジェラの素直すぎる考え方にため息をついてしまった。

「……私に『どうしたらいいのか』と聞けるようになったことを、まずはしっかり褒めなければなりませんね……」

アンジェラは、レヴェニカ国から脱出したあと、なにもわからないまま「お兄ちゃんと聖女さまを迎えに行って！」と言ったことがある。あのときと比べると、アンジェラはとても成長していた。国同士や偉い人同士の話は複雑で面倒だから普段の感覚で判断してはいけない……と言ったことをしっかり覚えていたし、その通りにできたのだ。

ラファエルは、これからもっと成長していけばいいんだと自分に言い聞かせる。

「軍隊を派遣するというのは、戦争をするという意味になります」

「ええ⁉　悪いことをしたのは向こうなのに⁉」

「一応、これはフィオレ聖都市内で起きたことです。フィオレ聖都市に属する者たち同士の話なんです。聖女さまはまだ聖女ですからね」

「なら、どうしたらいいの⁉　迎えに行って、返せって言ってもいい⁉」

アンジェラは、今すぐ皇城を飛び出すぞと言わんばかりの勢いでラファエルに詰め寄る。

「まずは正攻法で様子を見てみましょう。フィオレ聖都市に行って、知識の聖女さまへの面会を希望するんです。フィオレ聖都市は開かれた場所です。救いを求める人を拒むことはできないので、中に入れるはずです」

「わかった！　中に入って捜せばいいのね！」

「正攻法で様子を見るというのは、駄目だと断られたら、一度引くという意味です」

ラファエルは、アンジェラが先走らないように慎重に訂正を入れる。

二人の全く嚙み合わない会話を聞いていたルキノは、つい笑ってしまった。どうやら、少し落ち着いてきたようだ。

——駄目ですよ。

ジュリエッタの声が頭の中に響く。彼女はフィオレ聖都市へ殴り込みに行こうとするルキノを、優しい声で止めるはずだ。

(うん。ジュリエッタに怒られたくないから、それは最後の手段にしよう)

ルキノはそう決め、『正攻法で様子を見る』について聞いてみた。

「フィオレ聖都市に俺が行ってもいい?」

ラファエルは、そうなると思ったと言わんばかりに肩をすくめる。

「フィオレ聖都市への聖地巡礼は、聖女さまのお力を借りたお礼を兼ねていつかはするつもりでしたからね。いいですよ」

運よく、元々の予定を早めるという形になってくれたらしい。

よかったとアンジェラは喜んだけれど、ラファエルはアンジェラを見て首を横に振る。

「アンジェラ姫は皇城でお待ちください。お勉強して頂かなくてはならないことが山程あります」

「お兄ちゃんはいいの⁉」

「アンジェラ姫はとても優秀でいらっしゃるので、皇王陛下の分まで学んで頂こうと思っています」

「それは嬉しいけれど、私も聖女さまのところへ行きたかったのに……!」

ルキノはアンジェラの肩に腕を乗せた。

「ここはお兄ちゃんに任せてくれよ。ジュリエッタの王子さまになれるかもしれない最高の機会なんだからさ」

「……王子さまっていうのは、顔だけじゃ駄目だからね」

妹の手厳しい言葉に、ルキノはわかっているよと苦笑する。

（ラファエルの言う通り、まずは様子見かな）

ジュリエッタは強くて賢い。いつだってルキノはジュリエッタに守られてきた。ジュリエッタを守ったことなんてほとんどない。

だから、ジュリエッタが自分でどうにかできるけれど時間がほしいということであれば、いくらでも待つよと伝えたかった。

もしもジュリエッタに少し力を貸してほしいと言われたら、いくらでも貸そう。

——ジュリエッタが今、なにを思ってどうしたいのか。

相棒であるルキノは、ジュリエッタに会ってそれを問わなくてはならないはずだ。

フィオレ神に仕える者たちは、様々な理由があってフィオレ聖都市の門を叩く。

家の都合で俗世から離れなければならなかった者、食べていくためにはこうするしかなかった者、誰かから逃れたかった者、救いを求めた者……。

全員が全員、神の教えに感動して教えを守りたいと思った——……というわけではない。

フィオレ聖都市で暮らす者の中には、教えを守るふりをしながら金儲けに励んだり、小さな罪を犯したり、フィオレ教内での権力を求める者もいる。

そんな彼らは、祈りの部屋に閉じ込められている知識の聖女ジュリエッタを見て、綺麗事ばかりを口にする愚か者だと思ったり、憐れに思ったりしていた。勿論、このようなことが許されるのだろうか……と苦悩する者もいる。

「聖女ジュリエッタ。イゼルタ皇国の皇王陛下が面会を希望していましたが、祈ることに忙しいと言って断っておきました」

セルジオは祈りを捧げているジュリエッタに、勝手なことをしたという報告をわざわざしてくれる。

（ルキノ……ありがとう。心配をかけてしまいましたね）

きっとルキノは、ジュリエッタの手紙の真意に気づき、わざわざフィオレ聖都市まで様子を見にきてくれたのだ。

——相棒のことを気にかけてくれた。……嬉しい。

皇王ルキノにとっての聖女ジュリエッタは、なくてはならないという存在ではない。

むしろ、今後もフィオレ聖都市と友好的な付き合いをしていきたいのであれば、フィオレ聖都市の意向に従った方がいいだろう。

それなのにルキノは、〝相棒(ジュリエッタ)〟が必要だと示してくれた。

(うん。私は、聖女としての役割を最後まで果たしたい)

ジュリエッタの心はやっと定まる。こんな自分でも、フィオレ聖都市にできることはまだあるはずだ。

「――枢機卿セルジオ、私は心を定めました。私は聖女ジュリエッタであることを、皇王ルキノに自ら伝えたいと思います」

ジュリエッタの言葉に、セルジオは満足気に頷(うなず)く。

そして、余計なことをジュリエッタへ言わせないようにするため、付き人たちにあることを命じた。

「皇王陛下はまだフィオレ聖都市内の見学をしているはずです。大聖堂へ案内するように。それから助祭ジュゼッペと助祭マッテオも大聖堂に呼びなさい。聖女ジュリエッタの決意の言葉を彼らにも聞かせてあげましょう」

なにかあったらすぐ助祭たちが犠牲(ぎせい)になるぞ、とセルジオはジュリエッタを脅迫してくる。

ジュリエッタは杖を握(にぎ)ろうとし……この手にないことを思い出した。

（……大丈夫。杖はなくても聖女であることは間違いない）

ジュリエッタは祈りの部屋を出て、背筋を伸ばしたまま歩いていく。

セルジオの付き人たちがジュリエッタを囲んできた。なにかあれば、彼らはすぐに戒めの神聖魔法を使ってジュリエッタを拘束するだろう。

（そんなことに神聖魔法を使ってはいけないのに……）

ジュリエッタが大聖堂に入れば、既にルキノは来ていた。隣にオルランドもいる。

ルキノはいつものなにを考えているかわからない笑みを浮かべていたけれど、ジュリエッタはもうその笑顔に惑わされることはない。

——大丈夫ですよ。

ルキノを安心させるために微笑めば、ルキノはそれはよかったと言わんばかりに肩をすくめた。言葉がなくても、きっと伝わっているはずだ。

それから、心配そうにジュリエッタを見ているジュゼッペとマッテオにも優しく微笑みかける。

「皆さま、知識の聖女ジュリエッタからのお言葉があります。よく聞くように」

セルジオが勝利を確信している顔で皆に告げる。

——聖女ジュリエッタは、金稼ぎをしてくれる便利な聖女。

ジュリエッタの評価は、使えない聖女からきっと変わった。けれども、それは喜ばしいことではない。

「皆さん、神に祈りを捧げましょう」

ジュリエッタはまず、皆を代表して大聖堂で祈りを捧げる。

それからゆっくり振り返った。

ステンドグラスの光がジュリエッタに降り注ぎ、金色の髪を輝かせる。

その神々しい姿を見た者は、祈りを捧げたくなってしまうだろう。

「私は知識の聖女として、神の教えを守り、慈愛の心を持って人々を助けなければならないことを、改めてこの場で誓おうと思います」

セルジオはその通りだと頷く。

ジュリエッタは息を大きく吸った。

「これは最後の警告です。……枢機卿セルジオ、悔い改めなさい。困っている者を救うのは我らの勤めです。しかし、見返りを求めてはいけません。強制されることなく自然と生まれる神への感謝の気持ちが信仰心なのです」

セルジオはジュリエッタの凜とした声に驚き、どういうことだと目を見開いた。

知識の聖女は、ここでイゼルタ皇王に「誓約は守るけれど、その後はフィオレ聖都市に戻る」という宣言をするはずだったのに、なぜか違うことを言い出したのだ。

「枢機卿セルジオは、神の下で行われた誓約に敬意を持つべきです。貴方は神の教えをあまりにも軽視しています」

フィオレ教の序列一位は聖女、序列二位は聖人認定された枢機卿だ。

序列では、ジュリエッタはセルジオを教え導く立場である。

ジュリエッタがセルジオに厳しい言葉を授けても不思議ではないのだけれど、今までずっと黙ってセルジオの言うことを聞いていたので、この場にいるフィオレ教の者たちはとても驚いてしまった。

「……知識の聖女さまはお疲れのようですね。祈りの部屋でおやすみください」

セルジオはすぐに立ち直った。けれども、ルキノやオルランドの目を気にしたらしく、神聖魔法を使えと命じることはない。

――なにを言い出すかと思えば！　人の目があればどうにかなると思ったのか！　生意気な小娘め！

セルジオの怒りの眼差しはジュリエッタに向けられる。

「枢機卿セルジオ。悔い改める気は本当にないのですか？」

大聖堂にジュリエッタの声が響く。

セルジオの付き人たちはおろおろしていた。

ジュゼッペとマッテオはジュリエッタの気高さに感動しながらも、これからのことを心配する。どれだけ立派なことを言っても、セルジオの心には響かないし、セルジオに敵わない。

「聖女さま、皆さまを混乱させてはいけませんよ。さぁ、お部屋に戻りましょう。あとのことは私に任せて……」

「フィオレ聖都市を混乱させているのは、枢機卿セルジオ、貴方です」

ジュリエッタは厳かに言い切る。

ルキノは思わずヒュウと口笛を吹いてしまった。

セルジオが恐ろしい顔で振り返ったけれど、ルキノは肩をすくめて応える。

「……皇王陛下。ご覧の通り、聖女さまはどうやらお疲れのご様子です。別室でお待ちください」

セルジオは、まず部外者を追い出すことにした。

それから、戒めの奇跡を使ってジュリエッタを再び縛り、部屋に放り込むつもりである。

そのあとは――……。

「お構いなく。部外者の私はここで黙って見ていますから」

しかし、ルキノは笑顔で断った。

セルジオは舌打ちしたいのを堪え、付き人に命じる。

「聖女さまをお連れしろ！」

戸惑いながらも、付き人たちはジュリエッタに手を伸ばし、その手と肩を掴み、大聖堂から引きずり出そうとした。

「――神よ、ここに汝の教えを忘れた者がいます。間違いは誰にもあります。どうか、過ちを自覚し、己を省みるための機会を与えるため、汝の代行者である知識の聖女ジュリエッタの呼びかけにお応えください」

ジュリエッタは、こんなときなのに神に祈る。

セルジオは神に祈っても意味はないと心の底から馬鹿にしていた。

けれどもそのとき、大聖堂がびりびりと震動し始める。

「地震……!?」

「え？　いや、なにか違う……っ」

バチンという音があちこちで鳴る。

すると、ルキノの手のひらに小さな痛みが走った。ルキノはなにが起きているんだときょろきょろする。

「雷雲……？」

オルランドがふとそんなことを呟く。

ルキノも、たしかに雷が酷いときの感覚に似ているかもしれないと思った。

ふわりと髪の毛が逆立ち、空気に雷が混ざっているかのような独特の気配が、ここに満ちている。

「——神の雷槌！」


神の代行者である聖女ジュリエッタは、最後の警告を無視した者に神の怒りを放つ。

途端、雷が落ちた。

屋内にいるのに、轟音と地響きに襲われる。誰もが思わず自分を庇う体勢を取った。

「ひっ……！　ひぃ‼」

いつの間にかセルジオの真横に大きな穴が空いている。まだそこから白煙が出ていた。

「落雷……？」

ルキノは大聖堂の天井を見てみたけれど、穴は空いていない。

ではどこから……と思わずジュリエッタを見る。

「枢機卿セルジオ。悔い改めることはできましたか？」

セルジオの付き人たちは突然の落雷に驚き、ジュリエッタから手を離していた。

ジュリエッタはゆっくりセルジオに近づく。

「だっ、誰か！　聖女に鎖をかけろ！」

恐怖に襲われたセルジオは、感情に任せて叫んだ。

付き人の一人が慌てて戒めの奇跡を発動させようとしたのだけれど、神聖魔法で作られた鎖は、ジュリエッタからするりと外れてしまう。

「効かない⁉」

なぜ、と誰かが悲鳴を上げる。

ジュリエッタはその間にまた一歩セルジオへ近づいた。

「まだ悔い改められないようですね」

ジュリエッタの静かな声が響く。

セルジオは慌てて自分を守るために神聖魔法を使った。

「盾の奇跡！」

神聖力が満ちた大聖堂で神聖魔法を使えば、その威力は増す。

それなのに、ジュリエッタの神の代行者としての怒りは、セルジオの神聖魔法を簡単に吹き飛ばした。

「神の雷槌！」

セルジオの足下に、また大きな穴が空く。

雷の影響でセルジオの手足は痺れてしまったのだろう。ぶるぶると震えていた。

「なっ、ど、どうして……！　お前の神聖力でこんなことができるなんてありえない……！」

なにが起きているのかさっぱりわからないセルジオに、ジュリエッタは神の怒りについての説明をする。

「枢機卿セルジオ、貴方は知らなかったようですが、神に定められた条件を満たせば、聖女はフィオレ神の代行者として神の力を使うことができます。人の子が神に敵うはずがありません」

「条件⁉」

驚くセルジオに、ジュリエッタは慈愛の眼差しを向ける。

「神の教えを忘れ、過ちを犯した者に反省の機会を与えること。それでも己を省みることができなければ、フィオレ神と聖女の間で交わされた誓約に基づき、反省を促すために神の力を使うことができるのです。これは神聖魔法とはまた違う力です」

ジュリエッタは、重要書類用の保管庫で資料探しをしていたときに、フィオレ神と聖女の間で交わされたとても古い誓約書を見つけた。

（重要書類用の保管庫は、枢機卿以上の者が、聖女に許可をもらってようやく入れる場所……）

他の聖女は、大会議の資料作成に関わっていない。今のところ、神と聖女の誓約書のことを知っているのはジュリエッタだけだろう。

「枢機卿セルジオ、貴方は悔い改めますか？」

「……っ！」

セルジオは、神聖魔法では絶対に防げない神の怒りに恐れを抱いた。

頭の中が真っ白になり、ここから逃げなければならないという気持ちになってしまう。

「誰か……ッ！」

助けてくれと思いながらなんとか立ち上がり、大聖堂から出て行こうとしたのだけれど、突然顔から床に倒れ込んでしまった。鼻を打ちつけたセルジオはどうしてと驚いてしまう。

「おっと、ごめんね。足が長くて」

ルキノの足が、セルジオを転ばせていた。

しかし、それでもセルジオはめげずに這いつくばりながらも逃げようとする。

「神の雷槌！」

セルジオの目の前に神の怒りがまた降り注ぐ。

前髪が焦げたセルジオは、腰を抜かしてしまった。もう駄目だと絶望する。

「枢機卿セルジオ、貴方は己の過ちを悔い改めますか？」

ジュリエッタはセルジオに近づく。

セルジオはそれを呆然と見上げ……ついにジュリエッタへ謝罪した。

「悔い改めます！　神の教えを守ります！　どうか、どうかお許しください……！」

「神の下で誓えますか？」

「はい！　誓います！」

セルジオが必死にジュリエッタへ祈る。

ジュリエッタは微笑みながら、大事なことをセルジオへ穏やかに告げる。

「神は貴方を許します。そして、神は貴方をいつも見守っています」

少し前のセルジオなら、お綺麗な言葉だと心の中で笑い飛ばしただろう。神が見守っているなんてありえないと思っただろう。

けれども、今は違う。神の力を見せつけられたあとだ。

——神の怒りに触れたら、どうなるのだろうか。

自分の身で試したくない。死にたくないし、苦しみたくもない。

「人は過ちを犯します。神は過ちを許してくださいます。ですが、過ちを指摘されたら反省し、努力していかなければなりません」

「はい……！」

セルジオの反省している姿なんて、今まで誰も見たことがなかった。

ジュリエッタの神の代行者としての姿に、ここにいる者たちは畏怖を感じる。

「……聖女さま！　どうか私の罪をお許しください！」

そして、セルジオの付き人たちも次々に膝を折り、ジュリエッタに許しを求めた。

ジュリエッタは慈愛の微笑みを浮かべ、一人一人の顔を見ていく。

「悔い改めれば、神は過ちを許してくださいます。そして、見守ってくださいます。神へ、周囲の人へ、感謝の気持ちを忘れることなく、共にいる人々と喜びや悲しみを分かち合いましょう。……神よ、この者たちの罪をお許しください」

この場にいる者たちのために祈りを捧げるジュリエッタの姿を見て、ルキノは口笛を吹きそうになった。

（説得力が違うんだよなぁ）

ルキノは同じ言葉をセルジオに言われても、「あ～そうなんだ、へぇ」で終わってしまうだろう。けれども、清く正しく聖女として神の教えを守り続け、神の力を扱えるジュリエッタに言われたら、その通りですと頭を下げてしまうはずだ。

「皆さん、私は知識の聖女として皇王ルキノとの誓約を守ります。結婚して聖女の任を神に返上するその日まで、聖女としての勤めに励みます」

ジュリエッタの言葉を、セルジオたちは真剣な表情で聞いている。その話を止めようとする者はもういなかった。

「皆さんが神の教えを守り続けるように、私も神の下で交わした誓約を守り続けます。皇妃となった私は皇妃ジュリエッタとして、四百年前の聖女と同じようによき皇妃であるための努力をし続けようと思います」

ルキノは目を見開いた。

ジュリエッタの決意表明は少しばかり難しい言い回しだったけれど、それはつまり、ずっと皇妃でいると言っている気がしたのだ。

ルキノは心の中で喜びながらも、でも……という気持ちもあった。今はとりあえずフィオレ聖都市に引き留められたくないからそう言っているだけかもしれない。けれども、ジュリエッタは神の下で嘘をつくような子ではないのもたしかだ。

「助祭ジュゼッペ、助祭マッテオ。困ったことがあればいつでも相談してください。助けを求められたら、私はフィオレ聖都市にすぐ戻ります」

ジュリエッタの言葉に、ジュゼッペとマッテオは「ありがとうございます……！」と頭を下げ、ジュリエッタに感謝の祈りを捧げた。

「枢機卿セルジオ、イゼルタ皇国の賢者の杖をここに」

ジュリエッタが手を差し出せば、セルジオはなにを言われたのか一瞬わからなかったようで、ぽかんとしたあとに「あっ」と叫ぶ。

「聖女さまの杖をここに！　急げ！」

そして付き人に命じ、四百年前の聖女が使っていた賢者の杖を大聖堂に運び込ませた。

ヴァヴェルドラゴンの赤い目が嵌め込まれている賢者の杖は、ようやくジュリエッタの手に戻ってくる。

ジュリエッタはこの手にすっかり馴染んだ杖を握り、力を込めた。

「神よ、奇跡を――……！」

目を閉じて静かに神に祈りを捧げ、杖をトンと床につくと、金色の小さな光がジュリエッタに集まってくる。

ジュリエッタの瞳が開かれたとき、いつも宝石のように煌めいているサファイアブルーが赤く染まっていた。

金色の光が大聖堂に満ちるけれど、目に痛くはない。とても優しい光は、焦げた床を元通りにしていった。

「……皇王ルキノ、お待たせしました。行きましょう」

大聖堂をきちんと直したジュリエッタは、にこりと笑う。瞳はいつもの澄んだサファイアブルーに戻っていた。

「他の用事は？」

ルキノがジュリエッタに手を差し伸べながら、大丈夫かなと周りを見る。

「大丈夫です。用事は全て済みました」

ジュリエッタがフィオレ聖都市に呼ばれたのは、誓約を果たしたあとにフィオレ聖都市へ戻ってきてほしいという話があったからだ。

ジュリエッタはそれをしっかり断った。もうここにいる意味はない。

「ルキノ、馬車の中でゆっくり話をしましょう」

ジュリエッタは差し出されたルキノの手を取り、力強く握る。

ルキノには、もう離れないという意味を込めているような強さに思えた。


迎えの馬車に乗ってフィオレ聖都市を出たあと、ジュリエッタはまずルキノに礼を言う。

「フィオレ聖都市まで迎えにきてくれてありがとうございました。……心配をかけてしまいましたね」

「迎えに行くのも、心配するのも、相棒だから当然だって」

ルキノの優しい笑顔と言葉によって、ジュリエッタの心が温かくなる。

この人と出会えて、相棒になれて本当によかったと、神とルキノに感謝した。

「それで……ジュリエッタが大聖堂で言っていた話だけれど……」

これからのことについてどう切り出せばいいのかを、ルキノは迷っていた。

ジュリエッタは今からその話をするつもりでいたので、最初に結論を口にする。

「ルキノが望んでくれるのであれば、私は皇妃ジュリエッタとして、貴方の傍にずっといたいです」

「……本当？」

「はい。大聖堂で皆に話した通り、聖女としてそうすべきだと思いましたし、ジュリエッタとしてもそうしたいと思いました」

ジュリエッタはルキノの手を両手でぎゅっと握る。

「私は、どうして聖女になる必要があったのか、神になにを求められていたのか、少しだけわかった気がします。フィオレ聖都市には色々な問題があります。ですが、それは私だけではなく、皆の力で解決していかなければなりません」

後ろ盾で枢機卿になる人が決まってしまうこと、誘惑(ゆうわく)に負けて神の教えに反してしまうこと。

人は過ちを犯す。けれども、その過ちと向き合うこともできる。

「誰か一人でいいんです。私にとっての聖人カルロのように、神の教えに最後まで従う人がいるべきなんです。あの方の前に立ったときに恥(は)ずかしくないようにしたい……そんなことを思わせることができる聖女でありたいと私は思いました。私は聖女としてとても未熟ですが、努力し続けるという姿勢を見せることならできるはずです」

「うん。ジュリエッタの言いたいこと、わかるよ」

ルキノにとってのジュリエッタは、皆が思い描く理想の聖女そのままだ。

——神の教えをひたむきに守り続け、人々に慈愛の心をもって接し、救いの手を差し伸べ、ときには厳しく諫(いさ)めることもする。

いい子そのもののジュリエッタを見て、ルキノは好意を持つし、悪いことを考えたら「いや、でも、ジュリエッタに叱られたくないな……」と躊躇うこともあった。

きっとジュリエッタはそういう話をしているのだと、ルキノなりに理解する。

「聖女は、神の下での誓約を守り、大事にしていくべきだと思います。皇王ルキノとの誓約である結婚もそうです。どうしようもない理由が生まれない限り、貴方との結婚を大事にし、皇妃としての努力をしようと思いました」

——これからをルキノと共に。

ジュリエッタの決断に、ルキノは感謝する。神に、ジュリエッタに、そして周りの人に祈りたくなった。

「ありがとう」

ルキノは想いを込めてジュリエッタの手を握り返す。

「一つだけ訊きたいんだけれど、そのどうしようもない理由ってなに？」

嬉しいと思いながらも気になったところをルキノが尋ねると、ジュリエッタは笑顔で教えてくれた。

「私は聖女としての教育しか受けていませんし、皇妃としての役目を満足に務めきれるかどうか……。至らぬ皇妃ということであれば、ルキノと離婚すべきだと思います。それに、子どもができないときも、やはり別の女性を迎えるべきだと思います」

「……う～ん。俺が皇王になるよりも、ジュリエッタが皇妃になる方が向いている気がするんだけれどなぁ」

ルキノは、ラファエルがジュリエッタに文句を言っているところを見たことがない。ルキノに文句を言ったことなら、数え切れないほどある。

「じゃあ、一緒に頑張ろうか。俺たちは相棒だし」

ルキノの誘いに、ジュリエッタは頷く。

「はい！　私たちは相棒ですからね！」

今の自分たちに一番しっくりくる言葉に、ルキノは嬉しくなったけれど、同時にほんの少しの苦さも感じてしまった。

「……俺はさ、ジュリエッタがフィオレ聖都市に閉じ込められているかもってわかったとき、絶対に助けたいって思った」

でも、とルキノはため息をつく。

「ジュリエッタはしっかり自分で解決して……、俺はジュリエッタの王子さまになれなかったなって」

ジュリエッタは強い。ルキノが迎えに行かなくても、適切なタイミングを見計らって、フィオレ聖都市から堂々と帰ってきただろう。

ジュリエッタからの手紙は、助けてほしいという意味はなく、本当にただ『帰るのが遅くなるけれど、必ず帰ります』だったのだ。

「たしかに私に王子さまは必要ありませんが……」

ジュリエッタがくすくす笑いながら、ルキノを優しい瞳で見つめる。

「〝相棒(ルキノ)〟は必要です。貴方が私の傍にいてくれたから、私は大聖堂で神の力を使うことができたんですよ」

「……俺がいたから？　なんで？」

「実は大聖堂で枢機卿セルジオに逆らったとき、すごくどきどきしていました。未熟な聖女である私が枢機卿を叱るのは、とても難しいことなんです」

ルキノに出会う前のジュリエッタも、枢機卿たちの考えに賛同できていなかった。

神の力を代行できるとわかっていても、しようとすら思わなかった。そんなことができるような立派な聖女ではないし、誰かに逆らうということがとても恐ろしかったのだ。

「ルキノはいつも、『できるかどうかはわからないけれど、そうしなければならないからする』と前を向いています。……神は過ちをお許しになる。間違えること、失敗することを恐れずに一歩踏(ふ)み出(だ)していいんです。貴方のそのまっすぐな姿勢が私を導いてくれたんです」

枢機卿を叱るときに声が震えるかもしれない。反論されたらなにも言えなくなるかもしれない。

それでもジュリエッタは、枢機卿に異議を唱えるという聖女としてすべきことに挑戦することができたのだ。

「私は今、ほっとしています。聖女としてすべきことができたからです。……フィオレ聖都市まできてくれてありがとうございます。とても心強かったです」

ジュリエッタは胸に手を当てる。

先程まで立派な聖女だったジュリエッタは、今はもう可愛い女の子に戻っていた。

「ルキノ、私がいない間に変わったことはありましたか？」

「ん～……」

けれども、すぐにまた聖女になってしまう。

ルキノは残念だと思いながらも、ジュリエッタの質問に答えた。

「多分、今すぐになにかしないといけないほどの大変なことは起きていないと思う。みんなも元気だよ。……あ～そういえば」

ルキノはなにかを思い出したかのように言葉を止める。

ジュリエッタは、なにを言われてもいいように覚悟を決め、杖を持つ手に力を込めた。

「アンジェラが薔薇園を散歩したときに髪飾りを落として、それを取ろうとしたときに棘にレースを引っかけて、悲鳴を上げていた」

「……それは、大変ですね」

「うん。教育係に叱られていたよ。なんで薔薇の中に手を入れたんですかって。淑女教育を頑張っていても、中身はそう変わらないなぁ」

——落とした物を自分で拾う。

それはアンジェラやルキノにとって当たり前のことだった。だから今もとっさのときは同じことをしてしまう。

「きっと、私もいつかアンジェラさんと同じことをしますよ」

そして、ジュリエッタは笑いながらアンジェラに味方してくれた。

ルキノはこんなときに、ジュリエッタが相棒でよかったと思う。

「あっ、ルキノ、そうでした！」

ジュリエッタはえいっと拳を突き出してくる。

「貴方のところに帰ってきました。私の帰る場所は貴方です」

「うん」

ルキノは笑いながら、その拳に自分の拳を当てた。

「おかえり、ジュリエッタ」

住む場所とか、立場とか、そんなものは関係なく、ジュリエッタの帰る場所はルキノのいるところになってくれた。

ルキノは、そのことがとても嬉しかった。

エピローグ

イゼルタ皇国を中心とした同盟軍は、レヴェニカ国との戦争に勝った。

戦後の話し合いの結果、イゼルタ皇国はレヴェニカ国から賠償金をもらうことになり、元皇族の引き渡しも無事に終わった。

メルシュタット帝国やバレローナ国との戦争でイゼルタ皇国は疲弊しているけれど、それでも未来が明るく感じられるようになってきている。

「婚約式まであと少し。今日も頑張りましょう！」

ジュリエッタは朝の祈りを終えたあと、本日の予定を確認した。

フィオレ教では、結婚式の一年前から半年前ほどに、婚約式というものを行う。

結婚式ほど大々的なものではないけれど、婚約指輪を渡し、フィオレ神の前で婚約することを誓い合うのだ。

ラファエルは、式典があることで物事に区切りをつけられると言っていた。ルキノとジュリエッタの婚約式という式典をきっかけに、政の中心をルキノにして、社交界もそれに準ずる形にするつもりでいるため、忙しそうに走り回っている。

「1、2、3……」

今日はワルツの練習の日だ。

軽やかな音楽に合わせて、ジュリエッタは足を動かす。しかし、この『音楽に合わせる』ということがとても難しかった。ジュリエッタにとっての音楽は、パイプオルガンの演奏と讃美歌だけだったのだ。

「あっ！」

右足の次は左足を動かさなければならなかったのに、ジュリエッタはうっかり右足をまた出してしまう。身体が傾いて転びそうになったのだけれど、素早く腰を支えてくれる手に助けられた。

「すみません……！」

「大丈夫です！　前よりよく動けています！　凄いです！」

ジュリエッタのワルツの練習相手になってくれているのは、ルキノの妹のアンジェラである。

ジュリエッタはルキノと練習をした方がいいだろうけれど、ルキノにも色々な皇王教育が待ち構えていたので、ジュリエッタばかりに付き合っていられないのだ。

（凄いのはアンジェラさんの方だわ……！）

アンジェラは、ワルツを習ったその日のうちにステップを完璧に覚えてしまった。

ジュリエッタが教師に絶賛されたというワルツの動きを教えてほしいと頼んだら、次の日にアンジェラは「男性パートも覚えてきました！」と言ってくれたほどである。

「上半身はお兄ちゃんに任せて大丈夫ですよ。顔は上げたまま、足の動きに集中してくださいね。もしも上手（うま）く動けなかったら、それはリードするお兄ちゃんのせいです」

アンジェラはジュリエッタに色々なアドバイスをしてくれるけれど、ジュリエッタにとっては『足の動き』すら難しい。

今は一定のリズムでカウントを取ってもらい、それに合わせるという方法にしてもらっている。

「じゃあ、最初からいきましょう。1（ウノ）、2（ドゥーエ）、3（トレ）！」

ぐっとアンジェラが腕に力を込め、行く方向を定めた。

ジュリエッタは力を入れすぎないように気をつけながら、なんとか足を動かす。

（頑張らないと……！　ルキノに恥をかかせたくない……！）

ルキノなら、転んでもいいよと優しく言ってくれるだろう。けれども、それに甘えたくはなかった。皇妃として最大限の努力をすると決めたのだから、見ている人に「ひどい」と思われない程度にはしたい。

「姫さま、そろそろお客さまがいらっしゃる時間です」

練習を続けていると、アンジェラの侍女がアンジェラを迎えにくる。

「忙しい中、ありがとうございました」

ジュリエッタが頭を下げると、アンジェラは笑顔で答えてくれた。

「私は身体を動かす方が好きなので！　このあと、緊張のお茶会なので、すっきりできてよかったです！」

これからアンジェラは、貴婦人たちを招いたお茶会の主催者として頑張らなくてはならない。

そしてジュリエッタは、婚約式の夜に行われる舞踏会のためのドレスの試着が待っている。

この試着は、アンジェラがお茶会で「今、ジュリエッタお義姉さまがドレスの試着をしているんです。見学しませんか？」と誘い、貴婦人たちにも見てもらい、素晴らしいドレスを用意しているという噂を流してもらうという大事な役目があるのだ。

（舞踏会に行って噂のドレスを見てみたい、と貴族の女性が思ってくれたら、婚約式の集まりがよくなる）

婚約式は、皇王ルキノが貴族に認められているかどうかの判断の場にもなる。

多くの人に集まってもらうための事前工作は、いくらでもしていい。

「それでは聖女さまはこちらにどうぞ」

花びらを散らした湯船にジュリエッタは浸かり、全身をしっかり清めた。

それから美容液と呼ばれる甘い香りのする謎の液体をあちこちに塗られる。こんな経験はないので、そわそわしてしまう。

それから部屋をまた移動した。見物客を招けるように、大きな部屋で試着をするのだ。

そこで髪を乾かしながらコルセットをつけ、ドレスを着て、細かい部分の調整をしてもらう。髪を丁寧にとかし、結ってもらう。化粧もしてもらう。

頭に花の飾りをつけて、靴を履いてみて、アクセサリーをつけた。侍女たちがああでもないこうでもないと小物の位置を調整し、仕立て屋の人とドレスや飾り物の雰囲気を合わせる相談をし……。

（神よ、どうか私にあともう少しだけ頑張れる力をお与えください……！）

ドレスの試着をしますと言われたときのジュリエッタは、実際に着てみたあと、最終調整をするだけだと思っていた。しかしどうやらドレスの試着とは、婚約式の主役を最高に美しくするための相談会だったようだ。

多くの人が集まって、これがいい、あれがいい、なら化粧の色は……と真剣な顔で話し込んでいる。

「失礼致します。アンジェラ姫がお客さまと共にいらっしゃいました」

侍女が扉を開けば、アンジェラが「お義姉さまのドレスを皆さんと一緒に見たくて……」と予定通りに言い出す。

ジュリエッタは椅子から立ち上がり、「どうぞ」と言って微笑んだ。

「皆さん、ジュリエッタお義姉さまの許可を頂けました。こちらへどうぞ」

アンジェラが廊下にいた貴婦人たちを呼ぶ。

まずはアンジェラの教育係、それから彼女たちに呼ばれた客人たちが入ってきた。

「皆さん、今日は義妹のお茶会にお集まり頂き、本当にありがとうございます」

ジュリエッタがアンジェラの義姉として挨拶をする。しかし、貴婦人たちはそれどころではないといった様子だ。

「……まあ！」

「なんて素敵な……」

「大輪の花のよう……！」

陽の光を浴びて輝くジュリエッタの姿に、客人たちは感動していた。

ドレスの美しさも見事だけれど、それに負けないジュリエッタの可憐さに、目を奪われてしまう。

「ありがとうございます。この花のようなドレスは、アンジェラさんの提案なんです」

ドレスのスカート部分には、花びらのような形の薄い絹地が重ねられている。

花の妖精のようにしたい！　と提案したアンジェラは、何度も仕立て屋と布地や形を相談していた。

「姫さまのご提案なさったドレスは、いつもとても素晴らしいですわね」

「ええ、色の組み合わせが新しくて素敵です……！」

メルシュタット帝国との戦争が酷くなる前のアンジェラは、仕立て屋の針子として働いていた。いずれは自分の店を持って、素敵な服を作りたいと思っていたのだ。

アンジェラは元皇族の女性が置いていったドレスを自ら仕立て直し、もしくは仕立て屋に指示を出し、今までにない美しくて素敵なドレスを作り、自ら着て注目を集めた。

今はもうイゼルタ皇国の社交界は、アンジェラの着ているドレスを見るところから始まるようになっている。

（アンジェラさんにアドバイスされると、次の社交の場で見違えるほど美しくなれると評判だもの）

——自分を美しくする助言を与えてくれる皇王の妹姫アンジェラ。どうにかしてお近づきになりたい。

アンジェラは自らの力で、社交界の憧れの存在となりつつある。

ジュリエッタがアンジェラの妹姫としての見事な姿に感心していると、楽しそうに談笑する貴婦人の輪の中で冷たい声が響いた。

「お針子をしていた方のご提案は、本当にご立派ですわね」

それは、アンジェラが平民の娘だったことを馬鹿にする発言だ。

戸惑う者、怒りを感じる者、おろおろする者……皆が様々な反応を見せる中、ジュリエ

ッタは「人を差別してはいけません」と注意しようとしたけれど、その前にアンジェラが自ら立ち向かった。

「ありがとう。お針子が作った貴女のそのドレス、とてもお似合いよ」

アンジェラは喧嘩を売ってきた貴婦人に近づき、ドレスの細工をじろじろと見る。

「お針子がした刺繍、見事だわ。お針子がつけたこのレースも素敵ね。お針子がつけたこのリボンも可愛らしいわ。お針子が……」

アンジェラが『お針子』という単語を使ってドレスを褒めていくと、貴婦人の顔が真っ赤になっていった。

「わたくしを侮辱なさるの⁉ お針子のドレスが似合うって⁉」

「貴女がなにを言っているのかわからないわ。そのドレスが似合うと褒めただけなのに」

アンジェラが首を傾げれば、貴婦人はぶるぶると震えた。

「急に気分が悪くなりました！ 失礼します！」

怒りに任せて帰ろうとする貴婦人に、アンジェラは笑顔を見せる。

「ええ、どうぞ。大きな声が出せるぐらいにはお元気そうでほっとしました」

貴婦人は、靴音を派手に響かせながら部屋を出ていく。

アンジェラは笑顔のまま周りの人の顔を見ていった。

「私はあの人のドレスを褒めただけです。そうですよね？」

アンジェラの確認の言葉に、誰もが慌てて頷く。

そこからすぐに全員が気を取り直し、素敵な婚約式になりそうだとか、どんなドレスを着て行こうかとか、そういう話に移った。

そしてしばらく歓談を楽しんだあと、貴婦人たちはジュリエッタと挨拶をし、婚約式を楽しみにしていますと言って部屋から出ていく。

ジュリエッタは急いでいつもの聖女の服に着替え、なんとかお茶会参加者たちの見送りに駆けつけた。

「今日はアンジェラ姫のおかげで、とても楽しいティータイムを過ごせました」

皆、アンジェラに婚約式で着るドレスや身につける宝石について、アドバイスをもらったのだろう。笑顔で馬車に乗っていく。

お茶会の主催者であるアンジェラは、お茶会とドレス試着の見学が無事に終わったことを喜んだ。

「お見送りまで終わった～！」

ジュリエッタは頑張ったアンジェラにお疲れさまですと言いながら、はっとする。

（あ……でも、無事ではないかも……！）

貴婦人の一人が怒って先に帰ってしまった。あとで誰かに様子を見てきてもらった方がいいかもしれない。

「大丈夫ですよ」

そんなジュリエッタの心配を見抜いたのか、アンジェラが自信満々に言い切る。

「『アンジェラ姫に褒められた』んです。明日から社交界で注目の的になります。文句を言いたくても言えません。皆には『褒められたから嬉しくなって、はしゃぎすぎて気分が悪くなってしまった』と説明するしかないですから」

アンジェラは、あとで自分が困らないような方法で相手を黙らせていた。

ルキノが「しっかり者」と言う理由がよくわかる。

「でも、私は本当のことを言っただけなのに、なんでああも恥をかかされたと思うのかしら。高貴なドレスがほしいのなら、高貴な自分で縫えって話ですよね」

アンジェラの言葉に、ジュリエッタはその通りですと言うしかない。

社交界というのは、平民のアンジェラやフィオレ聖都市暮らしをしていたジュリエッタにとって、どうしても理解できないところがあるようだ。

「あ、ジュリエッタお義姉さま、庭に婚約式で使う予定の花のつぼみができたんです。見に行きませんか？」

「はい」

今日は造花を使ってジュリエッタの髪を飾ったけれど、当日は本物の花を使おうという話になっていた。

もちろん、タイミングが合わずにつぼみのままだったり、逆に花が散ったあとだったり、前日に大雨が降って花が傷んでしまう可能性もある。いざというときは造花を使うことになるだろう。

「庭師さんって凄いんですね。荒れていた庭がこんなにも綺麗になって……！」

アンジェラが手入れされて元の姿を取り戻しつつある庭を歩きながら、花が満開になったらすごいんだろうなぁと言い……ふと足を止めた。

「お義姉さま！　静かに！」

アンジェラは振り返り、小さな声で警告を発してくる。

ジュリエッタは賢者の杖をぎゅっと握りしめながら、いつでも神聖魔法を使えるようにした——……のだけれど。

「……やっぱり、あの声はお兄ちゃんだ」

アンジェラは植木の陰にしゃがみこみ、ジュリエッタにこっちですと手招きする。

ジュリエッタはアンジェラに促されるまま隣にしゃがみこみ、指差している方向を枝葉の隙間からじっと見てみた。

（ルキノ……と、皇城のメイド……？）

耳をすませば、ルキノたちの声がわずかに聞こえてくる。

——どうしても駄目ですか？　一度だけでも……！

——俺は自分の気持ちに誠実でありたいよ。ごめんね。

メイドの女性はルキノになにを頼んだのだろうかと、ジュリエッタは首を傾げた。

すると、その答えはアンジェラの口から飛び出てくる。

「お兄ちゃん、顔だけはいいもんね。それに優しいし。でも、しっかり断ってくれてよかった。告白されたことにでれでれしていたら、飛び出して叱らないといけなかったわ」

アンジェラはほっとしたという顔をしているけれど、ジュリエッタは衝撃を受けてしまう。

「……告白⁉」

「あ、メイドや侍従が私用で皇王や皇族に話しかけると不敬罪になるから禁止ってことは、お兄ちゃんも教えられているはずです。でもきっと、人前でなければ話しかけられてもいいって……。私もそのぐらいで不敬罪なんて……と思いますし」

あの女の子のために内緒にしてあげてください、とアンジェラに言われ、ジュリエッタはとっさに頷く。

（告白ということは、あのメイドの女の人はルキノを好きで、だから想いを伝えた……）

ルキノが女性に好かれる人だということは、ジュリエッタも知っている。

きっと、これは皇城にきてから初めてではないということも。

問題はそこではなくて……。

（私は、ルキノに好きな人がいるという可能性を考えていなかった……！）

思えば、皇国がとても大変なときにルキノと出会っていたので、そのような話をする機会がなかった。

あの頃のルキノには、恋人がいたのかもしれない。いなかったとしても、今は別の好きな人ができているかもしれない。

（ルキノは皇王に真面目に取り組むとラファエルに約束していたから、好きな人がいても言い出せないかもしれないわ）

ジュリエッタは不安になってくる。

ルキノに好きな人がいたとしても、ルキノがなにも言わないということは、気持ちの決着を自分自身でつけているということだ。

そうならば、部外者は口出しをすべきではない。

（部外者……恋愛の相談というのは、相棒にするもの？　それともしないもの……？）

ジュリエッタは神に仕えることを選んだので、恋愛に憧れが少しありつつも、それだけで終わってしまった。

恋愛の経験が少ないどころか一度もないので、正解がよくわからない。

「あの……アンジェラさん。ルキノから恋愛相談をされたことはありますか？」

ジュリエッタがおそるおそる尋ねれば、アンジェラは笑顔で答えてくれる。

「一度もないですよ。私もありません。男兄弟がいたら、お兄ちゃんはそっちにしていたかもしれないですけれど。私も姉妹がいたら恋愛相談をしていたかもしれません」

「……！」

アンジェラの言葉に、ジュリエッタはたしかにそうだと頷いた。

恋の相談というのは、気持ちを理解し合える同性の友達にすることが一般的である。

つまり、ジュリエッタはルキノの相棒だけれど女性なので、ルキノにとって恋愛相談をしたい相手にならないかもしれない。

（一度、きちんとルキノに訊いてみた方がいいのかしら。でも……）

世の中には、そっとしておいた方がいいこともたしかにある。

どうしたらいいのかわからなくなったジュリエッタは、「ルキノに神の導きがありますように……！」と祈った。

すると、隣にいるアンジェラはきらきら輝く瞳をジュリエッタに向けてくる。

「お義姉さまは、今までにどんな人を好きになりましたか？」

「えっ？」

ジュリエッタは小さな声を上げたあと、慌てて首を横に振った。

「私は神に仕える道を選んだので、同年代の男の人との接点はあまりなくて……」

「でも、ラファエルとは知り合いでしたよね？　ラファエルやラファエルのお兄さんと初めて会ったときに、格好(かっこう)いいと思ったことはないんですか？」

「あ……、そういえば同年代の皇族の方や王族の方々との接点はありましたね」

ジュリエッタは知識の聖女として、他の国の皇族や王族と挨拶をしたことは何度もある。そのときに、なにを思ったのかというと……。

「聖女として上手く挨拶できるかどうか、そればかりが気になってしまって……」

ジュリエッタの返事を聞いたアンジェラは、真面目すぎる……と驚く。

「なら、ジュリエッタお義姉さまの好みを教えてください！」

「好み……」

ジュリエッタは悩んでしまった。

恋は一生できないものだと思っていたので、好みについて考えたことは一度もない。

(好意を抱けるかどうか……と言い換えてもいいのかな……？)

恋とはまた少し違うだろうけれど、友達とか、同僚とか、一緒にいて楽しいと思えるような人の特徴を口にしてみる。

「優しい方は、一緒にいてほっとできますね」

「……！」

アンジェラはジュリエッタの答えを聞いて、心の中で喜んだ。兄のルキノは優しい。とりあえず、ジュリエッタの好みの範囲に入っていた。

「他にもありますか⁉」

「他にも……？」

「顔の好みはありますか⁉」

「顔……」

ジュリエッタは、同年代の男性の顔を思い浮かべてみる。

ルキノ、ラファエル、エミリオ……とっさに出てきた人は、みんな素敵だ。

「どうしても、その方の印象が顔に影響している……気がします」

ジュリエッタが顔だけでは好みにならないと言うと、アンジェラはう〜んと唸るしかなかった。

「やっぱり顔だけじゃ駄目だよ、お兄ちゃん……頑張って……って、あ！　音楽が得意な人はどう思いますか⁉」

アンジェラは「これだ！」とルキノの得意分野を持ち出してみる。

「素敵だと思います」

ジュリエッタが微笑めば、アンジェラはうんうんと嬉しそうに頷いた。

「あの……アンジェラさんに……、好きな方はいますか？」

聞いてもいいのかな？　とジュリエッタは迷いつつも、今度はアンジェラの好みを聞く側に回ってみた。

すると、アンジェラは首を横に振る。

「私のお兄ちゃん……お兄さま、顔だけはいいですよね。あと優しいですし」

「はい。ルキノの顔はとても格好いいですし、とても優しい人ですよね」

「だから……私はお兄さまのせいで、お兄さまぐらい格好いい人じゃないと、どきどきできなくて……」

アンジェラは、素敵な兄を持った人にしかわからない悩みを打ち明けてくれた。

たしかにその通りだと、ジュリエッタはアンジェラに同情する。

「大丈夫です！　いつか、アンジェラさんに素敵な方が現れるよう、神に祈りを捧げておきますね……！」

「お願いします！　私も恋をしたい……！」

可愛い義妹の力になりたいと、ジュリエッタは杖を持つ手に力を込めた。

その晩、迷った末に、ジュリエッタはルキノに「好きな人はいますか？」という質問をしてみることにした。

それでルキノが「本当は好きな人がいたけれど、皇王になったから諦めた」と言うのであれば、相棒としてどうにかできないかを一緒に考えたい。

もしもルキノが「好きな人はいないよ」と言うのなら、話をそこで終わりにしようと思った。それが本当でも嘘でも、ルキノが決めたことを尊重しよう。

「……よし！」

ジュリエッタは気合を入れ、皇妃と皇王の寝室を繋いでいる扉を叩こうとする。

しかしその前に、誰かがルキノの部屋から廊下に出ていくような音が聞こえた。

侍従だろうかと思いながら改めて扉を叩いてみるけれど、反応はない。

(出ていったのはルキノみたい……。夜のお散歩かしら？　それとも仕事でなにかあって、ラファエルに呼ばれた……？)

ジュリエッタは念のために外套を手にし、急いで廊下に出てみる。

まだ着替えていなくてよかったと思いながら階段を下りていったのだけれど、途中でルキノの姿を見失ってしまった。

慌てて見張りの兵士に声をかけ、ルキノの行き先を尋ねて追いかける。

(もしかしてこの道順……！)

前にルキノが下町へこっそり出かけるときに使っていた道だ。

あのときは、庭が手入れされていなくて前も横も見えない状態で、見張りの兵士の数もかなり少なかったので、そういうこともできた。

（今は無理だけれど……その代わり、護衛の兵士がきちんとついているみたい）

見張りの兵士が「皇王陛下とその護衛の兵士はあちらに向かいました」と言っていたので、全力で追いかけてルキノを守らないといけない状況ではなさそうだ。

「……どうしようかしら」

下町の友達に会って息抜きをしたいのなら、ジュリエッタは皇城で待っていた方がいいだろう。護衛もいるから、心配することはない。

やはり戻ろうと決め、ルキノに背を向け……そこではっとした。

（友達と決まったわけではないはず……！）

もしかして、もしかすると、好きな人に会いに行くのかもしれない。

ジュリエッタは、どうすべきかを迷ってしまう。

恋人同士の秘密の時間であれば、邪魔(じゃま)をするわけにはいかない。でも、ジュリエッタと婚約式をしたあとも関係を続けるつもりであれば、神の下(もと)での誓いを軽く思っているということになる。それはいけない。

（でも、ルキノの目的が好きな人に会うためとは限らないし、もしかすると婚約式の前だけと決めているかもしれないし、ただ実家に帰って空気の入れ替えをするだけかもしれないし……）

ジュリエッタはあれこれ考えたあと、神に祈った。

――神よ、どうか私をお導きくださぃ……！

そして、こっそりルキノを追いかけることにする。

もしも実家に戻るだけなら、友達に会うだけなら、散歩するだけなら、途中で先に帰ってしまおう。

万が一、女性と会っていたら、ルキノと後日改めて話し合いをしなくてはならない。

（なんだか、どきどきする……！）

ルキノと一緒にいると、このような状態によくなる。

自分の知らない世界が見えるし、いつもならできないことができてしまう。

ジュリエッタはこそこそと隠れながらルキノたちを追っていったのだけれど、流石は護衛の兵士だ。ジュリエッタに気づいて振り返った。

（あ……！）

どうか内緒にしてほしいと思い、ジュリエッタは人差し指を口に当て、それから頭を下げる。

兵士がジュリエッタの頼みに応じずにルキノへ報告したら、それはもう仕方がないと諦めよう。彼らは任務に忠実だっただけだ。

（見逃してくれたみたい……！）

護衛の兵士は、わかりましたと言わんばかりに微笑んだあと、人差し指を口に当てる。

ジュリエッタはありがとうございますの意味を込めて頭をもう一度下げ、ルキノのあとを再び追った。

（ここは……お店？　看板があるわ）

もう店じまいしたあとのようだ。それなのにルキノは扉を叩き、出てきた男の人と挨拶をしている。

（女の人じゃない……！）

ジュリエッタはなぜかほっとしてしまった。

お友達なのかな？　と思っていたら、ルキノはメモを取り出して男の人に渡す。

「サイズを書いてきた。皇城に出入りしている仕立て屋に書いてもらったから、間違っていないと思うんだけれど」

「そっちの方が安心できるぜ。お前の最初の『抱きしめたときにこのぐらいの細さだった』は、仕立て屋に通じねぇんだよ」

どうやらこの店は仕立て屋で、ルキノは誰かの服の作成を頼んでいたらしい。

（抱きしめたとき……？　アンジェラさんの服かしら？）

アンジェラは、お気に入りの服を入れた荷物をレヴェニカ国に取り上げられてしまった。

ルキノが新しい服を用意しようとしていても不思議ではない。

「黄色のワンピースに白のリボンと白のレースをつけて、とびっきり可愛い物を……というお前の頼み通りの物ができそうだ。妹にプレゼントするのか？」

ジュリエッタは、仕立て屋の男性の話を聞いて、完成した可愛い黄色のワンピースを想像してみた。

アンジェラなら黄色も似合う。着ているところを見てみたいな……とうっとりする。

「いいや、これは俺の相棒にプレゼント。下町へこっそり遊びに行くときに必要になるだろうからさ」

ルキノの言葉に、ジュリエッタは驚きの声を上げそうになった。慌てて自分の口を手で押さえ、悲鳴を押し殺す。

(黄色のワンピースを……私に⁉)

まさかそんな、と思っている間に、ルキノは仕上がる頃にまた来るよと言って出ていった。

ジュリエッタは慌てて移動し、ルキノから見えないところに立つ。

(……今、皇城に出入りしている仕立て屋の方に、婚約式用のドレスを作ってもらっている。私のサイズも測ってもらった。……ええ⁉)

かあっとジュリエッタの顔が熱くなる。涼しい風があって本当によかった。

「疑ってすみません……！」

ルキノの優しさに申し訳なさを感じながらも、嬉しくて仕方ない気持ちが抑えきれない。

「……帰りましょう」

ジュリエッタは、見なかったことにして、忘れようとも思った。

ルキノからプレゼントされたときに、信じられないと目を輝かせながら驚きたいのだ。

（ええっと、あ……どうしよう。ルキノも皇城に帰るみたい）

先に部屋へ戻ってなにも知らない顔をするのは無理そうだ。

夜風に当たりたくて庭を散歩していた、ということにするしかないだろう。

「おっ、ちょうどいいところに！」

ルキノは皇城への帰り道、酒場の前で足を止めた。外の席に知っている人が座っていたようだ。

「頼んでいた花束はどうにかなりそう？」

「どうにかなるようにするぜ。リボンの色は？」

「ジュリエッタの目の色は青だから……でも可愛い色にしたいよなぁ……」

ルキノはどうやら花屋の人に花束を作ってほしいと頼んでいたようだ。それには可愛いリボンもかけてほしいらしい。

そして、――……贈る相手はまたもや〝相棒〟である。

（ルキノ……！）

ジュリエッタはどうしようとしゃがみこんだ。

少し前、二人で皇国を出ようと決意することになったあの日、ルキノは異国で働き始めたらジュリエッタに色のついたワンピースと花束を贈りたいと言ってくれた。

結局、二人とも皇国を出ることはなかったのだけれど、ルキノはあの言葉を本当にしようとしてくれている。

（私の〝相棒〟は、本当に素敵な人……！）

いつだってとても相棒を大事にしてくれる。

ルキノのような素晴らしい人の相棒になれたことが、とても嬉しいし誇らしい。

ルキノはきっと、ジュリエッタの驚いた顔を見たいはずだ。

だからジュリエッタは、今夜のことは絶対に忘れて、とびっきりの笑顔で喜ばなければならない。

「全て見なかったことにしましょう」

（静かに帰らないと……！）

ジュリエッタは花屋の人と話をしているルキノにそっと背を向けた。そして、早足で皇城に向かう。

胸がどきどきしている。ルキノを追いかけようとしたときのどきどきとは違う。よくわからないけれど、種類が違う気がしていた。

（私は、きっとルキノに恋することができる。……ううん、違うわ。恋をするならルキノがいい……！）

ジュリエッタはルキノの皇妃になるのだから、ルキノに恋する努力をするつもりだった。しかし、ジュリエッタの努力は必要ないのかもしれない。このままルキノの傍にいたら、ルキノの力で恋することができてしまうだろう。

——結婚式の日が待ち遠しい。

ジュリエッタはそんなことを考えたあと、首を慌てて横に振った。

その前にまず婚約式だ。みんなに結婚式を待ち望んでもらえるような、素敵な婚約式にしよう。

レヴェニカ国との戦争が終わってから一カ月後。

ついに皇王ルキノと聖女ジュリエッタの婚約式が執り行われることになった。

ルキノとジュリエッタは、皇都の大聖堂で、神と多くの立会人の下で婚約することを誓い合う。

「私は、聖女ジュリエッタと生涯を共にすることを誓います」

「私は、皇王ルキノと生涯を共にすることを誓います」

皇王や皇子と婚約式をする貴族の女性は、実家の象徴となるものを取り入れたドレスを着ることが多い。

ジュリエッタは聖女なので、婚約式は聖女の正装の方がいいだろうということになった。

「それでは誓約書にサインをしてください」

司教に促されたルキノは、前よりも綺麗な字で名前を書く。ラファエルによる皇王教育の成果がきちんと出ているようだ。

そしてジュリエッタのサインも、ルキノと出会ったときに交わした誓約書へのサインとは違い、綺麗な字で書かれていた。この婚約は、ジュリエッタの意思で決めたものだ。手が震えることも、インクが滲むようなこともない。

「婚約を誓い合ったお二人に、神の祝福が与えられますように」

婚約式自体はこれで終わりだ。

ここからは昼食会、夜は舞踏会である。

ルキノとジュリエッタの婚約式は、国内の貴族全てに招待状を送っておいた。婚約式は皇王ルキノに忠誠を誓うかどうかを問う場にもなっているのだ。

平民出身のルキノを侮っている貴族は多いだろう。ラファエルは、誰がどう思っているのかをはっきりさせ、懐柔するか敵対するかを判断するつもりでいる。

「ご機嫌よう、アンジェラ姫」

十人の教育係に囲まれたアンジェラは、社交界の中心に立つための最初の大舞台が始まった。

美しい容姿を持つアンジェラは、ただ立っているだけでも人の目を惹きつける。

自然と注目されてしまう彼女は、教育係たちからの「失敗を恐れて壁を這う蔦になるよりも、花園の中央で元気よく咲く大輪の花になりなさい」という指導に従い、少々元気がよすぎる声と動きで見事に『皇王の妹姫』という役割を果たしていた。

宰相のラファエルは、貴族一人一人と話しながら、不平不満を聞いたり、元皇族たちへの同情の気持ちや怒りの気持ちに寄り添ったり、自分にできることをし続ける。

オルランドは新たな皇王になにかあってはいけないと、会場中に目を光らせた。

書記官のエミリオは、細かい変更や大きな変更に対応し続ける。

ジュリエッタの侍女のカーラは、ジュリエッタが侮られてはならないと、傍に控えてジュリエッタと貴族たちの挨拶が笑顔で終わるように手伝ってくれた。

「皇王陛下万歳！」

「奇跡の聖女さま万歳！」

国を救った皇王と聖女の婚約を、民も祝っている。

貴族たちはまだ様子を見ている者の方が多いけれど、もう皇王はルキノで、それを前提にして国が動き始めた。賢い者ほどこの状況を早くに受け入れ、なにをすべきかを考えているだろう。

「ジュリエッタお義姉さま！」

夜、舞踏会用のドレスに着替えたアンジェラが、ジュリエッタに駆け寄ってくる。

ヒールのある靴にすっかり慣れたアンジェラの元気のいい動きに、教育係たちがため息をついていた。

「わぁ！　やっぱりジュリエッタお義姉さまにはこの色が合うと思っていました！」

ジュリエッタは、柔らかな薄桃色の布をたっぷり使ったドレスを着ている。ドレスのあちこちには宝石と花の飾りがついていた。

舞踏会用のドレスは、ターンのときにふわりとスカートが広がるようになっている。ジュリエッタが踊れば華麗な大輪の花のようになり、宝石がきらきらと輝くだろう。

アンジェラのドレスは、ジュリエッタのドレスとよく似ているけれど、少しデザインが違う。主役がジュリエッタになるよう、それでいて皇王の妹姫に相応しい上品で可憐な仕上がりになっていた。

「――可愛いお嬢さん、一曲いかがですか？」

舞踏会の支度(したく)を終えたジュリエッタが皇妃(こうひ)の部屋で待機していると、ルキノが迎(むか)えにくる。

ジュリエッタが椅子(いす)から立ち上がれば、ルキノはヒュウと口笛を鳴らした。

「妖精の国の可憐なお姫さまだ。とても似合っている。妖精の国に舞踏会の招待状を出していなかったはずなのに、どうしてここにいるんだろうって焦(あせ)ったよ」

「ふふ、ありがとうございます。ルキノも素敵(すてき)ですよ。まるで……ええっと、難しいですね。天使を守る守護聖人のようです」

ジュリエッタらしい清らかなたとえに、ルキノはなるほどと頷いた。

どんなものにたとえられても、ジュリエッタの褒めたいという気持ちは伝わってくるから、それでいいのだ。

「ジュリエッタ、ちょっとだけ時間をもらってもいい？　バルコニーに出よう」

「はい」

ルキノはジュリエッタをバルコニーに連れて行く。

舞踏会の開幕を待っている夜空は、星々の飾りをたくさんつけていた。

夜風がひんやりしていたけれど、緊張(きんちょう)しているジュリエッタにはちょうどいい。

「ジュリエッタ、左手を出して」

ルキノがこうと左手を出してくる。

ジュリエッタはそれを真似してみた。

「こう……ですか？」

「ひっくり返してもらった方がいいかな」

ルキノに言われた通り、ジュリエッタは手のひらを返し、手の甲が上にくるようにする。

ルキノはそんなジュリエッタの左手を取り、魔法のように袖の中からぱっと小さな花を取り出し、ジュリエッタの左手の薬指にくるりと巻きつけた。

「色々順番がおかしいけれど、きちんと言葉にしたかったから……」

そして、ルキノはバルコニーの陰に置いておいた花束を手に取る。

ピンク、オレンジ、白、赤、黄色……ルキノの腕の中にある色とりどりの可愛い花は、ジュリエッタの胸を温かくした。

これはルキノが、ジュリエッタに似合うものをと思いながら選んだ花束だ。その想いがしっかり伝わってくる。

「ジュリエッタ、俺と結婚してください」

両手で抱えなければならないほどの花束を、ジュリエッタはそっと受け取る。

——花の指輪に、大きな花束に、プロポーズ。

既に婚約式が終わったあとだ。それでも、ルキノがジュリエッタとの婚約をとても大事にしてくれていることがわかり、嬉しくなる。

「それから、二人で恋もしよう。……どう？」

ルキノの魅力的な笑顔とウィンクに、ジュリエッタは声を出して笑ってしまった。

「私たち、本当に順番が色々おかしいですね。最初は、会ったこともない元カレができて、本当に驚きました。それに……婚約式をしてからのお花の婚約指輪のプレゼント。指輪をはめてからのプロポーズ。それに、婚約してからの恋……」

ジュリエッタは腕の中の花束の香りを楽しむ。

これからのことを思うと、不安もあるけれど、わくわくしていた。

ルキノはいつだって、ジュリエッタに知らないものを見せてくれ、ジュリエッタが感じたことを一緒に感じようとしてくれる。

きっとルキノとは最初から、健やかなるときも、病めるときも、喜びのときも、悲しみのときも、その命ある限り、愛し、敬い、助け合ってきたのだ。

「——答えは『もちろん喜んで』です！　一緒に素敵な恋をしましょう！」

ジュリエッタはルキノのプロポーズを受けた。

すると、ルキノがほっとしたような表情のあと、笑ってくれる。

（あ……ルキノ、どきどきしていたのかしら。私が、断るかもしれないと不安になっていた……？）

絶対に大丈夫だとわかっていても不安になってしまうことは、誰にだってあるだろう。

だったら、いつかこのときのことを二人で笑って話せるように努力していきたい。

ジュリエッタは、神に、ルキノに、自分に、それから自分たちを支えてくれる大事な人たちに誓った。

「……ルキノ！　舞踏会が始まる前に二人だけで踊ってくれませんか？」

そして、ジュリエッタは妙な緊張をすることになったルキノの調子を元に戻すため、花束を抱えながら手を差し伸べる。

「私、緊張しているんです。上手く踊れるか心配で……」

この気持ちは本当だ。だからきっと説得力があったのだろう。

ルキノは笑いながらジュリエッタの手を取ってくれた。

「では、素敵な婚約者さん。俺と踊ってくれますか？」

「喜んで」

ジュリエッタは寝室に戻って花束を机に置き、改めてルキノと手を取り合う。

バルコニーの扉を開けっぱなしにしてあるので、舞踏会のための曲がわずかに聴こえてきた。

ルキノはそれに合わせ、ジュリエッタのために「1、2、3……」と言ってくれる。

（まずは右足を引いて……）

ジュリエッタは習った通りに足を動かそうとしたのだけれど、その前にルキノによって身体の右側を押され、右足が自然に下がってしまった。

身体のバランスを保つために左足を動かせば、今度は腰をぐっと持ち上げられる。すると右足もつられて動き、左足へ揃えるような形になった。

（わぁ……！）

頭で考えてから動くよりも速く、勝手に足がステップを踏んでいる。

全てルキノのリードのおかげだ。ジュリエッタはただ、ルキノに身を委ねるだけでいい。

「ルキノ、凄いです……！」

「ジュリエッタが上手なんだよ」

次はこうして、この次はああして、と必死にならなくていいから、ジュリエッタに周りを見る余裕が生まれる。

ジュリエッタは、ワルツを踊るときに見える光景というものを、初めて楽しむことができた。

「楽しいです！　ルキノもやっぱり魔導師だったんですね……！」

「おおっと、俺の秘密をついに知られたか」

ジュリエッタのターンに合わせて、ドレスのスカートがふわりと広がる。

それでもルキノのおかげで、裾が絡まることは一度もなかった。

「私、初めてワルツを踊ったときの感想を『上手くできた』にしたいと思っていたんです。でも、ルキノのおかげで『とても楽しい』になりました」

「俺もジュリエッタのおかげで『とても楽しい』になったよ」

「私たち、同じですね……！」

「そうそう、俺たちは相棒だからさ」

ジュリエッタは、ワルツの相性も、気持ちの相性も、ルキノと驚くぐらいぴったりで、嬉しくなってしまう。

これから、色々な初めてをルキノと共に味わいたい。そして、それを存分に楽しもう。

終

あとがき

こんにちは、石田リンネです。

この度は『聖女と皇王の誓約結婚2　恥ずかしいので聖女の自慢話はしないでくださいね…！』を手に取っていただき、本当にありがとうございます。

第2巻の聖女ジュリエッタと皇王ルキノは、ルキノの妹のアンジェラを救うことになりました。

ジュリエッタにできることと、ルキノにできることは違いますが、どちらも己の役割を果たし、互いを支え合いながら大きな試練に立ち向かっていきます。そんな中で、二人の関係がまた一歩進んでいくところを書けて、本当に楽しかったです。

結婚が決まっている二人なので、障害らしい障害はありませんが、だからこそ真っ向から相棒と向き合うところにじっくり取り組むことができました。二人が恋をする直前の姿をお楽しみください！

次にお知らせです。B's-LOG COMICさんにてコミカライズが決定しました！　漫画を担当してくださるのは灰野シロ先生です。作者ツイッター等で灰野シロ先生が描いてくださったプロローグ漫画を公開中です。ぜひチェックしてみてください。

最後に、この作品を刊行するにあたってお世話になった方々にお礼を申し上げます。

ご指導くださった担当様、イラストを描いてくださった眠介先生（この巻のジュリエッタとルキノの関係が伝わる表紙イラストに感動です……！）、当作品に関わってくださった多くの皆様、手紙やメール、ツイッター等にて温かい言葉をくださった方々、いつも本当にありがとうございます。これからもよろしくお願いします。

最後に、この本を読んでくださった皆様へ。

読み終えたときに少しでも面白かったと思えるような物語であることを祈っております。

またお会いできたら嬉しいです。

石田リンネ

■ご意見、ご感想をお寄せください。
《ファンレターの宛先》
〒102-8177 東京都千代田区富士見2-13-3
株式会社KADOKAWA ビーズログ文庫編集部
石田リンネ 先生・眠介 先生

●お問い合わせ
https://www.kadokawa.co.jp/（「お問い合わせ」へお進みください）
※内容によっては、お答えできない場合があります。
※サポートは日本国内のみとさせていただきます。
※Japanese text only

聖女と皇王の誓約結婚 2

恥ずかしいので聖女の自慢話はしないでくださいね…！

石田リンネ

2023年7月15日 初版発行

発行者 山下直久
発行 株式会社 KADOKAWA
〒102-8177 東京都千代田区富士見2-13-3
（ナビダイヤル）0570-002-301
デザイン 島田絵里子
印刷所 凸版印刷株式会社
製本所 凸版印刷株式会社

ISBN978-4-04-737404-1 C0193

定価はカバーに表示してあります。

◇◇◇